# LE CHAOS

## RÉPONSE

## AU PLUS GRAND DES HUGOLINS,

PAR

## F. SOUBIRANNE.

« Ce livre n'est pas autre chose qu'une main qui
« sort de l'ombre et qui lui arrache le masque.
» VICTOR HUGO. »

*Prix : 2 francs 50 centimes.*

## SE VEND

CHEZ TOUS LES LIBRAIRES,

ET AU DÉPOT,

RUE VENTADOUR, 7.

# LE CHAOS.

Paris. — Imprimerie de E. BRIÈRE, rue Sainte-Anne, 55,

# LE CHAOS

## RÉPONSE

## AU PLUS GRAND DES HUGOLINS,

PAR

### F. SOUBIRANNE,

« Ce livre n'est pas autre chose qu'une main qui
» sort de l'ombre et qui lui arrache le masque.

« VICTOR HUGO. »

## SE VEND

### CHEZ TOUS LES LIBRAIRES,

ET AU DÉPÔT,

RUE VENTADOUR, 7.

# AVANT-PROPOS.

Ce livre n'est point un pamphlet : c'est de l'histoire, l'histoire impitoyable de certains faits, de certaines actions qui, depuis soixante ans, ont agité notre patrie, alors même que ceux qui l'exposaient le plus la rendaient ou puissante, ou menacée.

Prodigieux en mal, prodigieux en bien, les actes dont j'ai été amené à parler n'ont pu être qu'effleurés.

Homme de progrès et défenseur de l'ordre, — ce premier élément de la prospérité publique, — et d'une sage liberté s'appuyant sur les lois, toutes les fois qu'il m'a été donné de payer de ma personne, je n'ai point hésité.

Pouvais-je, en lisant *les Manifestes* et les pages du plus odieux des libelles, ne pas gémir et ne pas m'indigner contre les désolantes faiblesses et les fâcheux entraînemens de celui que son âme, son cœur et sa raison devaient préserver d'un méfait que rien ne justifie, que rien ne saurait excuser.

Au génie égaré, au poëte qui s'oublie, il fallait un redressement.

Si quelques journaux se sont occupés de ces détestables excitations, la peine n'a pas été infligée en raison de l'attentat et de l'injure faite à la France.

Comment ne s'est-il pas trouvé un écrivain pour relever le gant ; un ami assez dévoué pour crier au proscrit que les rayons brûlans de ses conceptions haineuses se retournaient fatalement contre lui ?

C'était là le seul moyen de reconquérir la plus belle des intelligences, de nous conserver la plus éclatante de nos illustrations poétiques, de rendre au pays un enfant égaré, au monde savant l'une de ses gloires.

Ce que d'autres n'ont pas cru devoir faire, j'ai voulu le tenter. Mais, obscur et ignoré, que pouvait ma parole contre le plus brillant de nos poëtes, le plus diamanté des prosateurs.

Je l'ai essayé cependant, et, pensant à la clémence, à l'éclair de raison qui sauve et réhabilite, je rejetais mon travail, pour le reprendre dès qu'une perfidie, une rétractation ridicule, des manifestations impuissantes, des propos menaçans, d'odieux attentats, de nouvelles trahisons venaient à surgir.

C'est ainsi que peu à peu, à de longs intervalles, j'ai été amené à terminer cet écrit, que tant de fois j'avais repris et délaissé.

Cédant à de vives instances, et retrouvant dans les mêmes hommes les mêmes entrains et les mêmes surexcitations, s'adressant plus à l'étranger qu'à la France,—c'est à mes yeux le plus grand des crimes, je n'hésite plus, et je viens livrer mon livre à l'appréciation de tous.

Au prosateur toujours poëte qui, plus que tout autre, a pu s'arroger le droit *de défendre de faire de mauvais vers*, j'ose répondre en vers. C'est l'infiniment petit s'attaquant au colosse, la colline à la montagne, le grain de sable au rocher, le nain au géant, le moucheron au roi des animaux.

Si j'ai fait acte de courage et de patriotisme, si j'ai touché juste, en frappant fort, j'en serai suffisamment récompensé par l'approbation de ceux qui, ne jugeant que les intentions, comprennent que, dans la situation présente, il est indispensable de ne pas laisser propager des exagérations et des infamies.

Bien que le pays en ait fait justice, il est bon de prémunir contre elles les peuples étrangers.

Si ce livre excite contre moi des haines, d'avance je les méprise.

S'il fait naître des ressentimens, je ne les redoute pas.

S'il amène des récriminations, je suis homme à répondre, et, fort de mon droit, je saurai le maintenir, comme les Français sauront maintenir et défendre le gouvernement qu'ils se sont donné.

A

# VICTOR HUGO,

## CITOYEN VICOMTE.

« *Castigat ridendo mores.* »

Au poëte : l'un de ses plus grands admirateurs ;
Au factieux : le plus désolé de ses concitoyens.

## F. SOUBIRANNE,

Chevalier de la Légion-d'Honneur, ex-Chef de Bataillon
de garde nationale, Conseiller municipal et Maire.

# LIVRE PREMIER.

—

## LUI.

I.

SON TALENT. — SES ACTES. — SES ERREURS. — SES
ACOLYTES.

— Il a parlé, le roi de la démocratie,
Des *pauvres* déportés, le verbe et le Messie.
Philistins, écoutez, voyez, *ecce homo !*
Il s'est touché le front le poëte démo-
Crate ! ce demi-dieu, quand de sa voix tonnante,
A grands coups d'antithèse il jeta l'épouvante ;
Peuples, prosternez-vous. Adoptez les moyens
D'un autre Bélisaire et des grands citoyens

Qui veulent, à l'envi, par pure prévoyance,
Procéder, malgré vous, à votre délivrance.


— Que vous demandent-ils? Voyez, c'est tout ou rien !
Vous êtes malheureux, et c'est pour votre bien
Que ces dignes héros, ces Mazzini de Rome,
Pour vous déposséder, se lèvent comme un homme.
Ils veulent votre bien; oui, tout, l'entendez-vous ?
Et lorsqu'ils auront pris le dernier de vos sous,
D'un peuple de vilains vous formerez les listes ;
Les chefs s'enrichiront, vous serez communistes,
Leurs femmes monteront aux carrosses des rois,
Et vous irez à pied... cela s'est vu parfois.


Et que n'a-t-on pas vu durant ces saturnales !
Des tribuns avinés, d'ignobles bacchanales ;
Des préteurs inspirant le dégoût et l'horreur,
Avilissant l'espèce et soulevant le cœur.
Tribuns de carrefour, orateurs de guinguette,
Qui n'ont su conquérir, hélas ! qu'un seul poëte !
Poëte dans le sang, poëte par l'esprit,
Que ses admirateurs, eux-mêmes, ont proscrit.

— Écrivain tout-puissant que l'on aimait en France,
D'un illustre renom que reste-il?... l'absence!
C'est un triste retour des choses d'ici-bas,
Qui punit les entrains et ne pardonne pas
Ceux qui, sacrifiant à de vaines idoles,
Perdirent en un jour, par d'indignes paroles,
Des triomphes passés le brillant souvenir,
Et leur gloire, qui flatte en tuant l'avenir.

— Ce fléau destructeur qui n'épargne personne
Ne t'a point épargné, poëte sans couronne!
Illustre romancier, écrivain dévorant,
En tous lieux pourchassé comme le Juif-Errant.
Dans ton brûlant amour de bruit, de propagande,
Que pourrais-tu montrer? un style de commande,
Un écho sans crédit perdu dans le désert,
Que l'on peut, sans péril, laisser à découvert.

— Comme l'a dit Buffon; si le style c'est l'homme,
On ne le sait que trop, tu n'es plus gentilhomme!
Ton blason s'est taché, flétri, déshonoré,
Et de ton père mort le tombeau, défloré

De son inscription dans le Père-Lachaise,
Ne peut plus exister ! — Que ton ombre s'apaise,
Général ! si ce fils, oublieux de son nom,
S'est montré si peu fier du glorieux renom
Que tu sus acquérir en servant ta patrie,
Il est un autre enfant fier de ta belle vie,
Qui sait se distinguer par l'éclat et le ton.
Tous les fous ne sont pas conduits à Charenton !

— Ceci, triste exilé, prends-le pour axiome,
Car c'est pour te sauver que je te fais fantôme !

— La popularité trop souvent te perdit ;
Elle te fit géant, tu t'es fait si petit,
Qu'en récapitulant ses phases enivrantes,
L'on en retrouve tant, et de si décevantes
Que l'on ne voit en toi qu'un pauvre comédien,
Le promoteur du mal, pouvant l'être du bien !

## II.

SA JEUNESSE. — SON ORGUEIL. — IL NE VEUT PAS ÊTRE
CORNET.

— Que sont-ils devenus les jours de ton enfance
Où chacun, admirant ta précoce élégance,
Météore brillant, te citait à l'envi ?
Tu composais pour tous, et par tous bien servi,
De tes conceptions on s'arrachait les pages.
Comme tu triomphais ! c'étaient de beaux présages !
Un essaim de prôneurs se déclarant pour toi,
Et le monde savant se tenant en émoi.
Les jeunes et les vieux, du haut de leur cénacle,
Te proclamaient *Victor* ! qu'il était beau l'oracle
Dont ils citaient les vers, et la prose et l'esprit !
Jeune, gonflé d'orgueil, tu parlais par rescrit,
Et, plus sentencieux que les sentences même,
Lorsque de ton Forum tu lançais l'anathème,
Tes disciples charmés s'écriaient : Jéhova !
Et tes mots, du Midi, volaient vers la Néva !

C'est de là que te vint cette folle manie
De te croire plus grand que le plus grand génie !

Enfant prédestiné, quoique faible en naissant,
Tu reçus pour prénom un mot retentissant
Qu'un écrivain fameux, que souvent on admire,
Signale, en démontrant (1) qu'il ne peut se traduire
Que par esprit vainqueur, souffle mystérieux,
Ame forte, et de plus, quelque chose de mieux
Dont il ne parle pas, qu'il comprend à merveille,
Ce qu'on appelle enfin un homme de la veille.
Qu'il serait plus puissant, s'il eût pu consentir,
Du beau nom de Cornet, à se laisser nantir !
D'un oncle maternel, c'était là le caprice.
Fort riche et sénateur, — eût-il été Patrice? —
Que du nom de Cornet, le charme et la douceur
N'eussent pas du vrai nom surpassé la valeur —

C'était trop demander. Pour la fortune, passe ;
Mais comme, de nos jours, le moindre souffle efface
De ces arrangemens les risibles effets,
Tout net il refusa d'ajouter trois cornets
— En argent sur azur, — au blason de son père,

(1) *Mémoires d'Alexandre Dumas.*

Et du nom de Cornet l'éclatante chimère,
Peu digne de donner le moindre lustre au sien !

— Ce que j'ai déjà fait se compte donc pour rien !
D'un nom resplendissant j'ai doté ma famille,
Et je serais Cornet !... non ! lorsque je fourmille
De bien plus de succès que n'obtint mon aïeul,
*Je saurai devenir pair de France tout seul.*
Que feraient trois cornets de plus à notre gloire ?

Pour m'appeler Cornet, les filles de mémoire
M'ont-elles procréé !... Mon nom, c'est l'avenir !
C'est un phare éclatant qui saura devenir
Des peuples opprimés le guide et la croyance !
Le succès dépendra de ma persévérance. —
Modeste et du talent, disaient nos bons auteurs ;
Boursouflés et pédans, tels sont les novateurs,
Quand le quartier latin, comme une courtisane
Leur donne du Caton ou de l'Aristophane.
Encensant aujourd'hui ce qu'il brise demain,
Si la *fantasia* n'arrête pas sa main.

# LIVRE DEUXIÈME.

## IL EST ROYALISTE.

### I.

IL SAUTE POUR TOUT LE MONDE. — SES ODES SUR
CHAQUE ÉVÉNEMENT MONARCHIQUE.

— Lorsqu'à peine échappé des bancs de nos écoles,
Tu te fis bourbonnien, tu choisis pour idoles,
Des princes de l'exil par le fer ramenés.
Tu les aimais alors; étaient-ils condamnés?
Disais-tu qu'il fallait, opprobre de notre âge,
Courir sus pour tuer? et ton dévergondage
Voulait-il qu'on frappât cet autre Agamemnon
Rentrant dans ses États? Le disais-tu? Non, non!
Superbe adulateur, la cadence était riche,

Pour flagorner *ton roi* tu dorais l'hémistiche,

Et tu portais bien haut l'*oriflamme et les lys*,

Qui, seuls, avaient fondé les gloires du pays.

Comme tu l'adorais, cet enfant du miracle (1)!

Le roi législateur était-il au pinacle!

Et son frère, *Monsieur*, le prince chevalier!

Et l'amiral-Dauphin! et celle qu'un geôlier

Au Temple étiola, tu l'appelais *Madame!*

Et mettant tout ton cœur, ton esprit et ton âme,

A peindre les vertus de cette Niobé,

Tu reluquais déjà l'escalier dérobé

Où tu devais trouver une veuve éplorée (2)

Qui riait de tes vers... Tu rêvais l'Empyrée,

Courtisan du malheur, et ta fécondité

Se brisa, cette fois, contre l'éternité!

Tu venais exploiter un poignard, une tombe,

Et tu dus observer qu'une pierre qui tombe

Du faîte des grandeurs, comme du firmament,

Ne se replace pas par un enfantement.

(1) *Odes Sur la naissance et le baptême du duc de Bordeaux.*
(2) *Sur la mort du duc de Berry.* — *A l'homme qui a livré une femme.*

A tous tu prodiguais les parfums de tes odes (1),
*Fraîches et blondes sœurs*, avec des épisodes
Qui s'échappaient brillans de ton cœur vendéen :
Et, plus brûlant d'amour que le feu *médéen*
Qui fit sauver Renaud des étreintes d'Armide,
Tu dressas pour chacun un socle pyramide :
Fragile monument, qui n'a pas de valeur
Si, venant de la tête, il ne sort pas du cœur.

Pourquoi l'opinion de ta mère, si bonne,
De cet ange du ciel, de cette âme bretonne,
Qui te fit conquérir, en prenant ton essor,
Le bonheur de produire en belles gerbes d'or
Les premières lueurs de ton esprit mobile,
A-t-elle fait qu'un jour, bien moins heureux qu'Achille,
Tu serais vulnérable, en atteignant le temps
Où l'homme fait prétend diriger les autans ?

(1) *A Louis XVII.* — *Vision sur l'assassinat de Louis XVI et
de Marie-Antoinette.* — *Au colonel Gustaffson, sur la mort du
duc d'Enghien.* — *La mort de M*lle *de Sombreuil.* — *Les vierges
de Verdun.* — *A son père.* — *A la liberté.*

## II.

SUITE DES ODES. — LA PENSION DE LOUIS XVIII. — A COMBIEN SA FOI MONARCHIQUE ? — POURQUOI EST-IL BOURBONNIEN ? — L'ARRESTATION DE CHARETTE. — L'OBÉISSANCE PASSIVE. — MORT DE LOUIS XVIII. — ODE.

— De tes enivremens la source intarissable
Traitait tous les sujets. Fantôme impérissable,
La Vendée eut sa part (1); les vivans et les morts
Reçurent tes parfums. Aussi, pour tant d'efforts
Faits pour vivifier le bronze d'Henri-Quatre (2)
Et de ses descendans, comme un bon gentillâtre
Visant au positif aussi bien qu'à l'effet,
Tu reçus de *ton roi* le gracieux brevet
Qui te constitua la belle et bonne rente
Qe tu *daignas* toucher. De mil huit cent cinquante
Les comptes apurés portent les supplémens,
Que tu palpais encor avec accroissement.

(1) *Ode à la Vendée.* — *Ode à Quiberon.*
(2) *Sur le rétablissement de sa statue sur le Pont-Neuf.*

De tes conversions les sommes cumulées
Formeraient un total de choses ondulées
Qui pourraient expliquer à quel prix ton ardeur,
Ta monarchique foi, s'escomptaient au porteur.

D'où pouvait provenir ta fougue royaliste,
Se demandait la cour ; et son chronologiste,
S'en allant compulser dans la table des faits,
Trouva qu'un Vendéen, pour prix de ses forfaits,
Comme disait la loi, mais non comme rebelle,
Disait tout partisan, pour se montrer fidèle,
Dans un engagement, auprès de Quiberon,
Fut pris par des soldats ; et qu'un jour l'Achéron
Recevant dans ses eaux, et de balles percée,
La tête d'un esprit dont la seule pensée
Fut de vaincre ou mourir pour le trône et l'autel,
— Préférant au parjure un repos éternel, —
L'accueillit saintement dans une nécropole
Ouverte au repentir, lui donnant le symbole
D'un pardon généreux qui sauve de l'oubli
Ceux qui, désabusés, y pénètrent par lui.

Dans un gouvernement qui rarement fit grâce
A ceux qui conspiraient, quelle était donc la place
Qu'on pouvait accorder au fils du lieutenant
Qui, forcé d'obéir, saisit incontinent
Le chef des Vendéens, qu'une loi trop sévère
Fit ainsi condamner par un conseil de guerre?


— Cette nécessité d'avoir fait son devoir,
Poëte adulateur, causait ton désespoir,
Et tu vins racheter, en faisant la courbette,
Le supplice et la mort du général Charette.


Un ordre, quel qu'il soit, ne se discute pas,
Eût-il d'un innocent amené le trépas!
Ton père, par ce fait, ne mérite aucun blâme,
Et le lui reprocher, c'était par trop infâme!


En toute occasion, honorons le soldat,
Même dans ses rigueurs, alors que le mandat
Qui le porte au devoir provient d'une consigne
Qu'il doit exécuter sur un mot, sur un signe!

— Jeune et rempli d'orgueil, tu voyais devant toi

Un nouvel avenir sorti d'un désarroi,

Et, riche de calcul, pensant à ta fortune,

Tu t'en vins étaler de ta muse importune

Les charmans à-propos, sans prévoir qu'à la cour

Ce qu'on croit oublié se reproche à son tour.


— Tu venais d'enterrer le roi de la concorde (1),

Le premier de *tes rois*, dont la miséricorde

Ne se fit pas toujours, par malheur, remarquer !

Parlant d'un roi chrétien, il fallait évoquer

Les cruels souvenirs de ces pages d'histoire

Qui n'ont qu'à se compter, pour ternir la mémoire

De celui qui n'eût pas assez d'autorité

Pour empêcher le mal, que l'importunité

Arracha trop souvent à son âme candide !


Il eût pu pardonner : on le fit homicide,

Et ton vers louangeur paya, par des refrains,

*Des bontés de son cœur* les actes souverains !


(1) *Ode sur les funérailles de Louis XVIII.*

# LIVRE TROISIÈME.

## IL EST CARLISTE.

### I.

IL EST FAIT CHEVALIER DE L'ORDRE *ROYAL* DE LA LÉ-
GION-D'HONNEUR. — LE RUBAN DE SON PÈRE. — LE
SACRE DE CHARLES X. — ODE.

— Charles dix apparut : ce fut le tour du sacre,
Et, poète des rois, tu fis le simulacre
De louer un peu plus pouvoir et royauté,
Pour mieux faire sentir ton plomb de loyauté.

— Tu venais de chanter *d'un roi* la fin auguste,
Et voilà que déjà ton vers brillant ajuste,
*Du dernier chevalier, des rois* le successeur,
Qui t'envoie, à son tour, le signe de l'honneur!

—Cette croix, dont alors tu faisais tes délices,

Que tu ne mêlais pas à tous tes maléfices,

*On ne la donnait pas aux plus lâches bandits ?*

*Quand ton père, tirant d'un de ses vieux habits*

*Un de ces vieux rubans* qui, pour la dynastie

Du grand Napoléon marquait la sympathie,

*Pleurait en l'attachant* sur ton cœur attendri;

Il pensait aux revers qui l'avaient amoindri.

Ce ruban, cette croix enfantaient le miracle,

Et, pour les obtenir, il n'était pas d'obstacle,

Provenant du hasard ou de la volonté,

Qui ne fût aplani, qui ne fût surmonté.


— Proclamé chevalier par ton droit de conquête,

Tu devais assister à la brillante fête

Qui se donnait à Reims au sacre de *ton roi*,

Où tu vins parader en brillant palefroi.

—De l'hospitalité, que tu payais par odes (1),

Tu rendis les entrains faciles et commodes,

Et jamais écrivain ne poussa plus avant

(1) *Sur le sacre de Charles X.*

Le bonheur d'exprimer et d'aller au-devant
De tout le bien qu'on fit, de ce qu'on voulait faire
Pour te rendre puissant et le plus populaire
Des poëtes chargés d'exprimer tour à tour
Les merveilles du sacre et l'idole du jour !

MARION DELORME. — IL VA A LA COUR. — CHARLES X LE
QUESTIONNE SUR SES AIEUX, — LE ROI REFUSE DE
LAISSER JOUER MARION.

—Après avoir payé ton droit de bourgeoisie
Dans cette noble cour, et, quand de l'ambroisie
Tu goûtais à longs traits les suaves douceurs,
Tu ne supposais pas que, dans les défenseurs
Des trônes vermoulus se trouverait un orme
Qui viendrait écraser ta Marion Delorme,
Comme il écraserait, s'il venait à tomber,
L'arbrisseau qui fléchit pour ne pas succomber.

—Marion n'était rien ; mais l'aïeul du monarque
Que ta muse évoquait, on en fit la remarque,
S'il se fût appelé non Bourbon, mais Valois,
Eût pu trouver merci chez l'ex-comte d'Artois.

—Etais-tu rayonnant ! L'habit à la française,
Très-noblement porté, te mettait à ton aise ;

Quand l'épée au côté, le feutre sous le bras,

De tes ajustemens, façonnés au compas,

Tu te vis affublé, dis-nous, en confidence,

N'étais-tu pas certain de voir, par ta présence,

Les choses s'arranger? — « Côte à côte marchant (1),

» Deux hommes, par endroits, du coude se touchant, »

Causaient... l'un rayonnant et fort de ses lumières,

L'autre se maintenant par ses formes princières.

« Or, entre le poëte et le vieux roi courbé,

» *Que voulait le premier?* D'un pauvre ange tombé,

» Dont l'amour refaisait l'âme avec son haleine, —

» *Pour* Marion, — lavée ainsi que Madeleine,

» Qui boitait en traînant son pas estropié,

» La censure, serpent, l'ayant mordue au pied, —

» *Le droit trop contesté de la faire* apparaître,

» *Avec le roi Louis,* sur qui régnait un prêtre.....


— » *Le second* hésitait de *laisser* mettre à nu

» Louis treize, ce roi chétif et mal venu.

» — A quoi bon remuer un mort dans une tombe !


(1) L'audience de Charles X racontée par celui qui l'avait
demandée.

» Que veut-on? où court-on? sait-on bien où l'on tombe?

» Tout n'est-il pas déjà croulant de tout côté?

» Tout ne s'en va-t-il pas dans trop de liberté?

» N'est-il pas temps plutôt, après quinze ans d'épreuve,

» De relever la digue et d'arrêter le fleuve?

» Certe un roi peut reprendre alors qu'il a donné.

» Quant au théâtre, il faut, le trône étant miné,

» Etouffer des deux mains sa flamme trop hardie

» Car la foule est le peuple, et d'une comédie

» Peut jaillir l'étincelle aux livides rayons,

» Qui met le feu dans l'ombre aux révolutions!... »


—Du poëte inspiré, c'était là la pensée
Menaçante, terrible, habilement tracée
Des malheurs qui devaient, « *de ce roi gracieux,*
» *Qui* le questionnait sur ses propres aïeux,... »
Amener promptement la triste décadence,
Du trône des Capets marquer la déchéance!


— « Epris de liberté, passionné pour l'art,
» Respectueux pourtant pour ce noble vieillard...

» Le poëte luttait fermement, comme un homme. »

Et, pour mieux triompher, évoquant le fantôme

Des foudres des partis et des grands attentats

Qui menacent les rois et perdent les États,

De la masse indomptée et « *des torlionnaires,*

« *Dont la main* entr'ouverte *est pleine de tonnerres...*»

Il se servit de tout... Mais le prince, *étonné,*

« Se tournant doucement, d'un front plus incliné, »

Et, toujours *souriant, répondit :* — O poëte !

D'un refus motivé laissez-moi l'interprète !

# III.

IL EST BLESSÉ DU PROCÉDÉ. — LE DUC D'ANGOULÊME.
— ODE SUR LA GUERRE D'ESPAGNE. — SON PREMIER
ACTE D'OPPOSITION. — SA PREMIÈRE ODE A LA CO-
LONNE. — IL OUBLIE LA CROIX ET LES PENSIONS
QU'IL TOUCHAIT.

— C'était blesser au cœur le jeune historien
Qui venait de traiter en Carlovingien
Le fils de Charles dix, le héros de l'Espagne (1),
Qui, chargé de lauriers, avait de Charlemagne,
Dépassant la sagesse, imitant la grandeur,
Du trône d'un Bourbon relevé la splendeur!
Et, brochant sur le tout, pour honorer la vie
De ce brave Dauphin, il eut la modestie
De vouloir seulement, qu'avec grand apparat,
A notre arc triomphal (2), pour lui l'on rehaussât
Les portiques sacrés de ses pages d'histoire,

(1) Ode sur la guerre d'Espagne.
(2) Sur l'Arc de triomphe de la barrière de l'Etoile, 1823.

« Afin que le géant, *géant* de notre gloire,

» *En allant et venant*, pût *sans peine y passer*,

» *Sans s'y toucher au front, ni même se baisser !* »


— En copiant ceci, c'est une main amie

Qui l'écrivait hier, je dois *à la momie* (1),

*Visage tourmenté par un tic éternel*,

De dire, en rougissant, que je fais ce rappel

Pour prouver aux amis de certains adversaires,

Que dans notre pays, et dans quelques repaires,

On ne sait respecter les vivans et les morts,

Qu'autant que, se trouvant dans le règne des forts,

Ils viennent renier et parens et patrie,

Pour aller rechercher dans la *bravacherie*

Les moyens de singer le géant Goliath

Ou des bons Allemands, l'*Adamantin-Æch-Spath* (2).


— Ce refus du vieux roi pour Marion Delorme

Lui fit signifier, en due et bonne forme,

(1) *Mémoires d'Alexandre Dumas.*
(2) Corindon, qui se trouve dans le granit, qu'on réduit en poudre pour polir les pierres précieuses.

Qu'il n'eût plus à compter sur l'appui personnel
D'un foudre d'éloquence... et l'auteur de Cromwel,
Qui n'avait obtenu qu'un salut ordinaire (1)
De Monseigneur Dauphin, se mit tant en colère,
Qu'il effaça d'un trait, de son sensible cœur,
Les doubles pensions, et cette croix d'honneur
Qu'il devait à l'éclat du plus pur royalisme,
Ce fut là, s'il le fit, un acte de civisme.


— Ah ! Monseigneur le duc, vous fûtes bien croquant,
De passer sans parler au poëte éloquent,
Qui venait de chanter, en strophes éclatantes,
De vos récens succès les phases émouvantes.


— Le sauveur de l'Espagne, en délivrant un roi,
Ne s'était pas douté qu'il existât un *moi*
Mille fois plus tyran et plus impitoyable
Que ne l'était Denys, le tyran redoutable !


— A quoi tiennent pourtant les choses d'ici-bas !

(1) Allusion au passage du Dauphin devant le poëte, sans
lui parler.

## III.

LES VERRES D'EAU SUCRÉE,—LE TROUPEAU DE MOUTONS.
— L'AIDE DE CAMP DE QUATORZE ANS. — CES BONS
ESPAGNOLS!—LE DINER DES SAUVÉS,—L'HISTORIEN.

Je ne parlerai pas des verres d'eau sucrée (1)
Qui rendirent, un jour, de douceurs enivrée
La halte des soldats; ni de tous ces moutons,
*Trois cent mille*, je crois,—guidés par des tritons,
Gardés par *deux cents chiens*, dirigés par un pâtre
Et *douze* pastoureaux.—On allait les combattre
Sans un aide de camp, qui portait dans le dos,
Et de tels ennemis, et tous ces mérinos,
Qui, fort reconnaissans, payant leur bien-venue,
Bêlèrent en passant au front de la revue!

Si le jeune héros n'avait que *quatorze ans*,
Qu'à peine il fût sorti de l'âge des enfans,

(1) Historique, comme chacun sait.

—S'il avait déjà pris sa part de *trois batailles*
Et de *dix-sept combats*,—c'est n'avoir pas d'entrailles,
C'est n'avoir pas de cœur, n'avoir pas de cerveau,
Que de laisser passer un prodige si beau
Sans demander pour lui, comme une récompense,
Qu'il soit fait chevalier de la Toison de France.

Quant à l'historien de contes si flatteurs,
On le doit surnommer le premier des... pasteurs.
A moins que, tous les ans, sans manque, il ne souscrive
Au dîner des *sauvés*, à poser en convive
Chargé de raconter, pendant tout le repas,
L'histoire des moutons,—pour qu'on suive leurs pas,—
Des bergers et des chiens, des trois cent mille têtes,
Qui, comptés, feraient plus de cinq cent mille bêtes !

Marcher sans sauf-conduit, ni même un passe-port,
C'est s'exposer beaucoup pour affronter le sort !

Armés de leurs couteaux, attendant leurs victimes,
Ils frappaient nos soldats. Étaient-ils magnanimes,
Ces braves Espagnols, de laisser affamer
Bêtement leur pays, sans venir décimer

De ces mille moutons la masse peu commune,
Sans en goûter d'un seul !... Quelle bonne fortune
De doubler, de tripler, quadrupler son trésor,
Sans qu'il en coûte rien, pas même un écu d'or !
Des Mille et une Nuits, les contes fantastiques
N'ont rien produit de tel. Ces détails *véridiques*
Ne rappellent-ils pas, fort agréablement,
Le fluide de Mesmer, la Belle au Bois dormant ?

Monsieur Kutzenberger (1) faisait du magnétisme,
Comme d'autres voudraient faire du communisme !
Il endormait, usant d'un procédé nouveau,
Ceux qui pouvaient barrer le chemin au troupeau.

L'auteur ne le dit pas ; mais, homme de science,
On peut s'en rapporter à son expérience ;
Pour la narration, superbe omnicolor,
Dans ses puissantes mains, le cuivre devient or !

(1) Le propriétaire du prodigieux troupeau.

# LIVRE NEUVIÈME.

—

## LUI ET LES SIENS.

————

### I.

SA FAMILLE USE DES DROITS DE LA GRANDESSE. — LES
CONVOIS. — LES ALCADES. — LES PALAIS SOMPTUEUX.

—Pour de simples mortels devenus excellence,
Vous n'usâtes pas mal des droits de la puissance!
Vous aviez pour partir les faveurs du convoi.
On vous traitait en prince, et vous parliez en roi!

Les Maures en tous lieux honoraient leurs *alcaydes*;
En daignant y coucher, c'est vous qui des alcades
Honoriez les logis, et, lorsque des palais
Vous servaient de *posade*, et qu'à tous les relais,
Par un duc préparés, marquant son arrivée,

Votre mère venait *abriter sa couvée*,
On vous idolâtrait déjà sur tous les tons ;
On escortait vos pas, on frappait des doublons.
Les peuples étonnés allaient, suivant l'usage,
S'incliner devant vous pour marquer le passage
Des fils *prédestinés* du grand corrégidor,
Du général-marquis, *camerero mayor !*

— Vous aviez tout cela. Flatteurs et valetaille :
De toutes les grandeurs, ce joli feu de paille,
Qu'un rien fait flamboyer et qu'un rien fait finir,
Qui ne laisse après lui qu'un faible souvenir ;
Espèce de clinquant qui trop souvent ne brille
Qu'autant que peut durer un feu de cannetille
Qui des habits brodés rehausse le travail,
Et s'éraille bientôt pour tomber en détail.

## II.

MADRID. — LE PALAIS DES PRINCES DE MASSERENO. —
L'ENFANT JOUE! — A QUI DOIVENT-ILS LEUR POSI-
TION?

— Vous aviez plus encor! Des palais magnifiques,
Partout abandonnés, hôtes allégoriques,
Vous veniez de quitter celui d'Avellino,
Que déjà, dans Madrid, chez les Massereno,
Vous vouliez effacer de cette antique race
L'éclat et les bienfaits pour briller à sa place.

Le prince, grand seigneur, par un simple hobereau
Peut-il être éclipsé? Jamais : l'ombre au tableau,
En changeant le dessin d'un point de perspective,
Ne saura bien fixer la trace fugitive
D'un détail, qui, de loin, rehausse le sujet,
Quand il produit de près un détestable effet.

Il en est de cela comme de la lentille
Qui, laissant admirer d'un beau soleil qui brille

Le disque flamboyant, perd sa réflexion
Dès qu'un verre entaché brouille son action.

A tout ce qui nous plaît forcément on s'attache.

Dans les appartemens, *jouer à cache cache* ;
Courir dans les salons, les corridors sans fin ;
Sur celui qui vous suit se montrer le plus fin,
Ou papillon léger, dans des vases de Chine,
En venant se poser, par une contremine,
Aux piéges qu'on vous tend, échapper par un bond ;
Se montrer, en un mot, en ressources fécond,
Sont de bien jolis tours, de ces tours de souplesse
Qui donnent la santé, qui forment la jeunesse !

— Et les petites cours, aux superbes jets d'eau ?
Et la salle à manger ? Est-il rien de plus beau ?
Le grand balcon encor d'où l'on voit la comète,
Les étoiles, le ciel ?.. Et, dans les jours de fête,
Les courses au Prado, puis ces mille plaisirs,
Dont les seuls *idalgos* entourent leurs loisirs ?
Et les collations ? Le chocolat ? la tarte ?

A qui les deviez-vous? — *A Monsieur Bonaparte*,
Qui combla de faveurs et ton père et les tiens,
Qui vous dota, peut-être, en donnant pour soutiens
A votre jeune esprit ceux qui, de vos études,
Rendirent les travaux plus saillans et moins rudes. —

Tous ces petits détails, dont je suis désolé
D'avoir à réunir plus d'un fait isolé,
Serviront à prouver que la reconnaissance
Des bons entraînemens n'est pas la conséquence,
Qu'il suffit d'un grief, lorsqu'on est enragé,
Pour devenir ingrat, se croyant dégagé !

# LIVRE DIXIÈME.

—

## LE SÉMINAIRE NOBLE.

### I.

ENCORE LUI.—IL ÉTONNE LES PÈRES DE LA FOI. — IL
SAIT PAR CŒUR TACITE, PERSE ET JUVÉNAL.—A PEINE
NÉ, IL AVAIT EXCLAMÉ, D'INSPIRATION, UN MOT ITA-
LIEN. — POUR ÉMOUSSER SON ORGUEIL, ON LUI FAIT
EXPLIQUER PLAUTE.

Revenons à l'Espagne, et parlons du collége
Appelé séminaire, et de ce sacrilége
Que commirent d'abord les Pères de la foi,
Chargés de décider, pour tes frères et toi,
Quels étaient les auteurs de la langue latine
Qu'ils devaient confier à la muse enfantine
Des trois nouveaux venus : ces trois pauvres enfans,
Qui, sombres et pensifs, pâles et frémissans,
En silence observaient.—Familiers avec *Perse*,
*Tacite* et *Juvénal*, vous traduisiez *Properce*;
Et ce fut *Quinte-Curce* avec le *De Viris*,
Même l'*Epitome*, qu'à vos regards surpris

On s'en vint étaler!—Quelle plaisanterie!
De *Cocceius Nerva*, je peux sans vanterie
Expliquer la vertu, la modération
En tombant par hasard, sans préparation,
Sur les brillans effets, le fameux paragraphe
Du grand historien, du brillant biographe,
Et l'on me demandait, en me jetant le dé,
De montrer mon savoir dans un a, bé, cé, dé!

—Furent-ils étonnés, quand ton âme indignée
Exprima fièrement la valeur dédaignée
Des faciles auteurs que l'on donne aux enfans!

—Avaient-ils si grand tort? Tu n'avais que sept ans!
Petit et souffreteux, leur offrais-tu l'idée
D'un géant qu'il fallait juger à la coudée?
Que ne leur disais-tu que, dès ton premier an,
—Après les premiers mots de papa, de maman,—
Un souffle inespéré, l'éclair de ton génie
Te permit de lancer l'expression hardie
Que les Italiens traitèrent de diva,

Comment *un courtisan ne lui souffla-t-il pas*
Qu'il marchait sur les pieds du plus fier des poëtes?
—Les princes font parfois de bien grandes boulettes !
Passer, lorsque l'on a la possibilité
D'admirer *un objet de curiosité !*

Sans le savoir souvent à blesser on s'expose,
Et puis, tout doucement, quand augmente la dose
De tant d'indignités, dans l'opposition
Se trouve un ennemi, qui, pour punition,
Vous inflige les vers d'une ode à la colonne (1).
Il venge son orgueil, et des fils de Bellone,
De nos grands maréchaux voulant laver l'affront (2),
C'est en les défendant qu'il couronne son front.

Il se fait immortel par pur patriotisme!

(1) *Ode de* 1827.
(2) Insulte faite dans un bal donné par l'ambassadeur d'Autriche; au lieu d'annoncer plusieurs maréchaux par leurs titres, on affecta de ne les désigner que par leurs noms.

# LIVRE QUATRIÈME.

—

## IL FLAIRE 1830.

———————

QUOIQUE LIBÉRAL, IL ASSISTE AUX FÊTES DES TUILE-
RIES ET DU PALAIS-ROYAL. — IL N'A PAS FAIT LA
RÉVOLUTION DE 1830. — MENSONGE.

S'il en fût resté là, jamais de son civisme
L'on n'aurait pu douter, et l'on eût pardonné
Le goût prédominant, disproportionné
Que, bien que libéral, voulant tourner les têtes,
Il montrait, en venant assister à ces fêtes,
Aux bals qui devançaient la révolution,
Qu'il avait su flairer par appréhension.

-- Jeune, tu guerroyais pour cette antique race,
Et pourtant on te vit demander, à sa place,
Du pouvoir souverain le droit national.

—Comme tu dépassais ton père, libéral,
Qui prédisait: qu'un jour de ta foi vendéenne
Tu ferais abandon. Lorsque dans l'hypocrène
Tu puisais à longs traits les inspirations
Qui fixèrent sur toi tant d'adorations.

—Toi que Châteaubriand nommait *l'enfant sublime* (1)!
On ne se doutait pas que c'était un ebime
Que tu te préparais! Quelques-uns l'assuraient;
D'autres, moins clairvoyants, seulement le pensaient,
Tu cherchais le parfum qui plaisait à ton âme,
Et de l'avoir goûté personne ne te blâme.

—« Toi qui, toujours fuyant les cités et les cours (2),
« De cinq lustres à peine avais fini le cours. »
Amant passionné de ces cajoleries,
De l'ex-Palais-Royal allant aux Tuileries,
Tu savais, mon Ruy-Blas, fléchissant le genou,
Ménager à la fois et la chèvre et le chou,

(1) Il avait fait une ode à Châteaubriand.
(2) Pièce de vers en 1817 pour le concours de l'Académie
française.

Aux maîtres du logis tu dorais la pilule ;

En habile jouteur, par un tour de bascule,

Tu savais, on le sait, hurler avec les loups,

Et faire en même temps, d'une pierre deux coups.

— Tu venais de finir ton ode à la colonne (1)

Par opposition, et ta verve poltronne,

Du pouvoir des Capets n'avait pas, comme on dit (2),

Précipité la chute et fait le discrédit.

Ces choses qu'on écrit pour mentir à l'histoire

Ne trompent que les sots, ce n'est qu'un accessoire ;

De tes reviremens, les signes précurseurs,

De tes iniquités, tristes avant-coureurs!

— La révolution, par toi, par Lamartine (3)

Fut faite, nous dit-on. Devant vous je m'incline

Poëtes immortels, mais le monde incivil

N'a fait que vous donner le courage civil,

Courage d'orateur, courage politique,

Qui n'a d'insinuant que son jeu dramatique.

(1) De 1827.
(2) *Mémoires d'Alexandre Dumas.*
(3) *Mémoires d'Alexandre Dumas.*

# LIVRE CINQUIÈME.

—

## IL EST PHILIPPISTE.

---

ON LE FAIT PAIR DE FRANCE! — LE ROI CÈDE A CONTRE-
COEUR AUX INSTANCES DE SA FAMILLE, — IL LE CON-
NAISSAIT BIEN,—UN SECRET,—UNE MALICE DE POÈTE,
— SON ODE (1) A L'ARC DE TRIOMPHE DE L'ÉTOILE, —
LUI ET LES SIENS,—LA MAGISTRATURE,

—Ce qu'il faut constater, ce qui fut trop réel,
C'est qu'en un jour donné, comme un simple mortel,
On te vit des premiers, pour la chose publique,
Embrasser crânement la bonne république
Du *quoique* et *parce que* de ce roi citoyen,
Qui de te faire pair sut trouver le moyen.

—Il ne le voulait pas; mais une douce instance
Finit par amortir de cette résistance

(1) De 1830.

Les signes incessans et les emportemens
Qui retardaient toujours les précieux momens
Qui devaient, te couvrant d'un beau manteau d'hermine,
Te rendre plus qu'ingrat. Cette guerre intestine
Que tu fis au pouvoir, il l'avait pressenti,
Devait à ton passé donner un démenti.

—C'était jouer gros jeu, jouer à qui perd gagne,
Non pour lui, mais pour toi, qui, frisant la Montagne,
Voulais d'un pied léger te poser au sommet;
A moins qu'en certain lieu, te connaissant gourmet,
L'on ne fît entrevoir sur la splendide table
Le droit d'y partager un repas délectable.

—Tu n'y serais venu que pour voir les couverts,
Me diras-tu, renard?... C'est juste, *ils sont trop verts!*
Et ce que je réponds à cette périphrase,
Ne le disait-on pas, imitant ton emphase,
Lorsque des d'Orléans, flagorneur incompris (1),
De leurs atermoiemens tu te montrais surpris?

(1) *Odes sur le bal de l'Hôtel-de-Ville. — Au duc d'Or... —*
*A Canaris. — Ses conseils.*

—Par eux devenu pair, on dit, faut-il le croire?
Que le prince acheta le secret d'une histoire
Qui menaçait par trop ta haute dignité.
Tu tremblais ; il voulut pour toi l'impunité.


—Un semblable bienfait engage et purifie,
A celui qui le rend on consacre sa vie,
Et l'honneur ne doit pas se croire délié
Quand Philippe est proscrit ; s'il avait oublié,
Sur un grand monument (1), résumé de l'histoire,
D'opposer *à l'enfant chéri de la victoire*
Un simple capitaine, héroïque et brillant,
Pour y faire graver le nom du plus vaillant !
S'il osa préférer au guerrier qui commence (2)
Le guerrier endurci, le maréchal de France (3) !


Depuis quand le soldat est-il donc général?
Et l'humble matelot, serait-il amiral?


—Poëte, tu voudrais dans ta suprématie,

(1) L'arc de triomphe de l'Étoile, ode de 1837.
(2) Le capitaine Hugo, par exemple.
(3) Masséna.

Foulant aux pieds les lois de la démocratie,

Imposer aux puissans, pour toutes les grandeurs,

Et ta seule famille et tes admirateurs?

Nous imposer, de plus, tes penchans et tes haines,

Tes farouches élans, tes passions mondaines,

L'oubli de ton passé, le bonheur d'être ingrat,

Tes propos orduriers contre tout magistrat (1),

Qui, fidèle au devoir, aux lois de la patrie,

Sait préférer la haine à ton idolâtrie,

Et prouver que, fût-il puissant, même ignoré,

En dehors des partis il doit vivre honoré?

(1) L'honorable premier-président de la cour impériale de Rouen, M. Frank-Carré, si bien apprécié par ses savans collègues; et les dignes imitateurs de sa justice et de sa fermeté.

# LIVRE SIXIÈME.

—

## LA LEÇON DES ÉCOLES.

———

SON ODE A BUONAPARTE !!! — LES CRIS VENGEURS. —
QUE POUVAIT-IL CONTRE LE GRAND EMPEREUR?

— Que n'es-tu resté pur au milieu des faiblesses
Qui soulevaient ton cœur ! Toutes tes gentillesses,
On te les pardonna ; mais lorsque tu voulus,
Dans ton idolâtrie, oser parler d'abus
Et de tout ce que fit une main colossale
Rapetisser l'éclat (1) en poussant au scandale,
A l'oubli du passé, tu nous prouvas par là
Qu'un jour tu tomberais de Charybde en Sylla.

— Sur ce terrain mouvant, c'était de bonne guerre,
Tu cherchais de l'encens, on te jeta la pierre :

(1) *Odes à Buonaparte !* — *A son père.* — *A Châteaubriand.*
— *A Lamartine...* dans tout ce qu'il écrivait alors qu'il était
royaliste !

Aveugle tu chantais Louis *le Désiré*.

Et quand de ses hauts faits tu t'étais inspiré,

L'écho, l'écho vengeur, l'écho de nos écoles,

Qui voulait un peu plus que de vaines paroles,

Répondit par deux cris sortis du Panthéon :

Arrière les flatteurs ; Vive Napoléon ! !


De tes premiers essais, la muse poétique

Servit à constater la valeur prophétique

D'un nom qui résonnait dans le cœur des Français.

On le put amortir, mais l'effacer ; jamais !


Pourrait-on ne pas voir le jour qui nous éclaire?

Le sein qui nous porta, celle qui sut nous plaire,

Peut-on les oublier? Et dans nos jeunes ans,

On voulut amoindrir l'homme dont les brisans

Ne purent amortir les colères profondes

Des peuples qu'il vainquit ! Héros de tant de mondes,

Que l'on s'en vint clouer près de l'éternité (1)

Afin de le tuer dans la postérité.


(1) A Sainte-Hélène.

De ce crime d'État, la honte consommée,
N'avait-il pas pour lui plus que la renommée ?

Mais n'anticipons pas, et laissons au destin
Le soin de buriner son dernier bulletin,
Celui-là deviendra d'avance, on peut le croire,
Plus qu'un événement ; une page d'histoire.

# LIVRE SEPTIÈME.

—

## LES DEUX POÈTES.

---

CASIMIR DELAVIGNE ET LUI. — COMPARAISON. — IL FLOTTE
ENTRE SES OPINIONS.

Que les hommes d'esprit se ressemblent donc peu !
C'est bien triste à penser, et, si j'en fais l'aveu,
Ce n'est que pour prouver qu'ayant même génie,
Celui que je combats n'eut jamais l'harmonie
D'un autre dont on doit garder le souvenir
Dans notre demi-siècle et les temps à venir !

Aimable et bienveillant, adorable de grâce,
*Casimir*, jeune encor, avait marqué sa place
Parmi les écrivains que l'on aime à citer.
Se peut-il que *Victor*, ne pouvant éviter
De ses égaremens les fatales contraintes,

Se soit frappé lui-même et que, dans les étreintes
De son passé perdu, son nom miraculeux
Ne se puisse invoquer sans que l'ambitieux
Apparaisse aussitôt, confondu dans la tourbe
De ces démolisseurs qui, vivant dans la bourbe,
N'ayant ni foi ni loi, sans parens, sans amis,
D'un autre demi-dieu se sont fait un commis!

Delavigne vivait. Plein de reconnaissance,
Ce poëte charmant, mort trop tôt pour la France,
Qui ne fut point ingrat, jamais caméléon,
Dans de sublimes vers loua Napoléon.
Il était, celui-là, l'élu de la famille,
L'ami de la maison, et, comme la chenille
Qui dévore en rampant l'arbre qui la nourrit,
La feuille qui soutient la fleur qu'elle appauvrit.
S'il parlait de grandeurs, s'il parlait de conquêtes,
Des princes, qu'il aimait, ravalait-il les têtes?

En mêlant au passé le nom de l'Empereur,
Il faisait au présent le plus insigne honneur.
Il n'avait rien en lui des hommes de Nicée ;

Il chantait son héros, et dans son Odyssée
Il n'eût pas employé le moindre dissolvan
Pour noyer son passé dans un soleil levant.

Il devait au martyr le bonheur de l'enfance,
Aux palmes du concours l'honneur de l'assistance.
Et s'il vivait, fût-il ou Guelphe ou Gibelin,
Il n'insulterait pas la veuve et l'orphelin.
Obséquieux le jour, parasite la veille,
Homme du lendemain, il n'eût pas dit : — Je veille ;
Dans ce Capharnaüm je serai décemvir,
Et, pensant à César, peut-être triumvir !
La France le voudra, car bientôt la fortune
Vengera mon passé. Ce passé m'importune ;
Et puisqu'on m'a chassé du haut de l'Hélicon,
Le Parnasse, qui fuit, me pousse au Rubicon.
Si je franchis ce pas, malheur à qui m'opprime !
Quand je suis le soutien d'un peuple grandissime,
Il n'est pas de despote, il n'est pas d'empereur
Qui se puisse soustraire à notre bras vengeur ! —

# LIVRE HUITIÈME.

—

## LES DEUX BONAPARTE.

———

### I.

NAPOLÉON PREMIER. — ILS LUI DOIVENT TOUT. — LUNÉ-
VILLE. — JOSEPH BONAPARTE SE FAIT LE PROTECTEUR
D'UN CHEF DE BATAILLON. — NOMMÉ ROI DES DEUX
SICILES, QUI APPELLE-T-IL PRÈS DE LUI?

—Oses-tu profaner ce nom que l'on révère!
Qui dora ton berceau? Celui qui de ton père
Favorisa l'essor en *daignant* consentir
Que, mandé par son frère, il s'en vint revêtir
L'uniforme étranger qui relève et délie
Des serments que l'on fit? En servant l'Italie
Et son roi, tout Français, il dut à l'Empereur
Ce qu'il sut conquérir de gloire et de bonheur!

— Les honneurs qu'il obtint sur toute sa famille
N'ont-ils pas rejailli? et ce reflet qui brille
Dans l'histoire des temps, de qui le tenez-vous?—
De celui qui voulut, soit dessus, soit dessous,
Qu'en toute occasion, sans nulle différence,
Le service rendu trouvât sa récompense.

Dans le destin d'un homme il est de ces hasards
Qui devraient inspirer au moins quelques égards;
Il est des actions, il est telle rencontre
Qu'on doit se rappeler; lorsque, tout le démontre,
Par elles on acquit et fortune et grandeurs,
Le charme de la vie et celui des honneurs!

Tout le monde n'a pas trouvé dans une ville
Un protecteur puissant! L'ami de Lunéville,
A peine nommé roi, ne fit-il pas chercher
Le chef de bataillon qu'il voulait attacher,
Dans sa nouvelle cour, auprès de sa personne,
*Pour l'aider à porter le poids de sa couronne?*
Lui prouvant que, toujours fidèle au souvenir,
Il saurait lui garder un brillant avenir.

Des plus hautes faveurs, la source peu commune
Ne conduit pas toujours d'un trait à la fortune!
Il en est qui, touchant les portes du pouvoir,
Y frappent vainement. Ont-ils fait leur devoir?
On ne les entend pas; parfois on les lanterne,
Et, les laissant pourvus d'un poste subalterne,
L'on donne au plus inepte, au plus ambitieux
Le meilleur des emplois et le plus glorieux!

En m'exprimant ainsi, dans ma rude franchise,
Je tiens à déclarer que je généralise!

A cet appel flatteur, le jeune commandant,
Devenu gros major, colonel expectant,
S'empressa d'arriver. Établir en Sicile
Un bon gouvernement, ce n'était pas facile!

# II.

JOSEPH BONAPARTE ROI D'ESPAGNE. — SON AIDE DE CAMP
LE SUIT A MADRID. — IL L'ACCABLE DE FAVEURS. — IL
EN REFUSE... UNE. — LA COUR. — SES CHARGES.

Aussitôt que le roi, pour doubler la faveur
De son aide de camp, colonel-gouverneur,
L'eut fait d'Avellino commander la province,
Un décret souverain, un message du prince
Qui couronnait les rois et qui les détrônait,
Par un revirement au monarque ordonnait
De laisser là son trône et d'aller en Castille
Remplacer Ferdinand. — D'un pacte de famille
C'était le résultat. — Le pays qu'il quittait
Augmentait les ennuis que Madrid promettait.

Il y vint, cependant. Du Français gentilhomme,
Il fit un général, son premier majordome,
Premier aide de camp, grand d'Espagne surtout
Ce n'était point assez, et, brochant sur le tout,
'l le nomma, de plus, son gouverneur du Tage,

Comte Cagollerdo, puis, pouvant davantage,
De Siguença marquis et de Cifuentes.

— Parmi tous ces honneurs, et l'un sur l'autre entés,
Faits pour enorgueillir un duc de vieille roche,
—Qu'il méritait si bien!—sans peur et sans reproche,
Ton père refusa justement... le dernier. —
Du titre de maquis, peu fait pour un guerrier,
Contre celui de duc, ne perdant rien au change,
Peut-être voulait-il opérer un échange,
Pour avoir sur les grands, avec l'honneur du pas,
D'autres immunités dont on ne parle pas ?


De ces prétentions le vulgaire se moque.
A la cour, c'est l'usage, un passe-droit qui choque,
Plus tard doit retomber de toute sa hauteur
Sur qui n'aura pas su rester dominateur.


Une charge de cour, dans sa prérogative,
Est comme le toucher qui de la sensitive,
En faisant replier les feuilles à l'instant,
Rend la plante contrainte et l'arbuste attristant.

Il avait du pays conquis toutes les places.;
Les faveurs du pouvoir, les honneurs et les grâces ;
Que lui manquait-il donc ?... Plus tard on le saura,
Et son fils le proscrit lui-même le dira.

Lorsqu'on sut que tout seul, du nom de *Cattiva*,
Tu venais d'appeler ta simple gouvernante ?

Quel malheur qu'on n'ait pas pour Shakspeare et pour Dante,
Et pour Corneille aussi, de bons contemporains
Capables de donner des détails plus certains
Sur leurs premières dents, sur l'ensemble et la coupe
De leur tout petit corps, l'art de manger leur soupe !
Pour l'histoire du monde et des siècles futurs,
Qu'il serait merveilleux pour tous les hommes mûrs
De pouvoir raconter à leur jeune famille
Les tendres souvenirs d'un mérite qui brille
Avant même de vivre, avant que la raison
N'ait fait luire pour lui les feux de ce rayon
Qui le fit immortel avant que d'apparaître,
Comme un républicain le fut avant de naître ! —

Les Pères stupéfaits, pour leur jouer un tour,
Cachant adroitement leurs serres de vautour,
— Avec les faux semblans de réparer leur faute, —
Placèrent dans leurs mains les ouvrages de Plaute,
Cet auteur émoussant par ses témérités,

3

Qui brise les orgueils par ses aspérités,
Aux rhétoriciens souvent inaccessible !

— Pour parler son patois, tu faisais l'impossible ;
En le traduisant mal ton esprit se troublait ;
Tu dus en convenir : c'est là ce qu'on voulait !

## II.

LES FILS DE LA GRANDESSE DANS LES COLLÉGES. — LES
DEVOIRS DE LA NOBLESSE. — INSULTE FAITE A NA-
POLÉON. — INDIGNATION DE VICTOR. — SON FRÈRE
RELÈVE L'INJURE. — NAPOLÉON N'ÉTANT PLUS EMPE-
REUR, LE POÈTE DONNE RAISON A L'ESPAGNOL. —
INSULTE-T-IL LE GRAND HOMME? — IL SE CROIT FORT.
— PAUVRE PETIT !

Dans tout collége noble ouvert à la grandesse,
De se dire monsieur on n'a pas la faiblesse.
On se donne du comte, on tranche du marquis,
Du duc et du baron. Pour sauver les ennuis
D'avoir à supporter, du maître qui commande,
Les excès de pouvoir et puis la réprimande,
Ce verbeux argument, qui pour oui, qui pour non,
Arrive jusqu'à vous sans rime ni raison,

Là chacun se tutoie, habitude fort sage
Qui vous forme l'esprit et tend, par son usage,

A prouver au plus grand, ainsi qu'au plus petit,
Que tout bon gentilhomme, ayant même crédit,
Doit simultanément, en toute circonstance,
Marcher au même but sans changer de croyance ;
Car *si noblesse oblige*, elle a pour mission
Non de détruire, mais la conservation
Des grandeurs du pays et des forces vitales
Qui tiennent en respect les nations rivales
Qui pourraient espérer, au-delà des détroits,
En dehors des traités, d'attenter à nos droits.

—Le titre de baron, sonnant à ton oreille,
Flattait énormément ta hauteur sans pareille.
Tu savais te défendre et, fier comme le roi,
Donner un avant-goût des gages de ta foi,
En prouvant hautement, dans un jour de bataille,
Qu'il ne faut pas juger les enfans à leur taille,
Et qu'il n'est pas besoin du choc d'un escadron
Pour punir l'insolent qui de *Napoladron*
Osait traiter celui dont la France est si fière,
Que l'on aimait, Victor, comme on aime son père ! —

Il l'était des Français ; car jamais potentat
N'apporta plus que lui de puissance et d'éclat !

—C'est là ce que pensait, relevant cette injure,
Eugène, ton aîné (1), cette bonne nature,
Qui, ripostant d'un trait ironique et cruel,
Appela bravement l'agresseur en duel
Pour un coup de compas qu'il reçut au visage,
Et le mot insultant que le sot personnage
Venait de proférer contre cet Empereur,
Soleil étincelant de gloire et de splendeur !

—Le monde l'admirait, tu l'admirais toi-même :
Il avait rehaussé l'éclat du diadème !

—Plus tard, on le sait bien, dans tes salmigondis,
Tu disais : « L'Espagnol défendait son pays. »
D'ailleurs, Napoléon n'étant plus de la France
Le *funeste* empereur, j'ai mon droit d'insolence ;
Et ce que l'Espagnol alors disait de lui,

(1) Son frère.

Reniant ton passé, tu l'écris aujourd'hui,
Tu l'écris, entassant injure sur injure,
Pour suivre les penchans de ta pauvre nature,
Qui te porte à fonder un vaste monument
Pour en saper après et base et fondement !

—Ne te crois pas si fort ; car le roseau qui plie,
S'il veut trop se roidir, s'abaisse et s'humilie
Dès que la bise souffle, et sitôt que les vents
Se montrent déchaînés contre les élémens.

—Ainsi tu fléchiras lorsqu'une main puissante
Viendra s'appesantir sur ta foi chancelante,
Comme tout, autrefois, sans peine fléchissait,
Alors que l'Empereur d'un geste l'ordonnait !
L'Empereur, ai-je dit? et je parlais collége,
Injure, châtiment et propos sacrilége !

# LIVRE ONZIÈME.

—

## L'UNIVERSITÉ.

———

IL N'EST PAS ÉLÈVE DE L'UNIVERSITÉ. — LE TYRAN
S'EN ÉMEUT. — IL FAIT FAIRE DES DÉMARCHES. —
IL VEUT ARRACHER UN FILS A SA MÈRE. — REFUS
MATERNEL. — CELA FUT POUR BEAUCOUP DANS SA
CHUTE.

— Pourquoi ne fus-tu pas de l'Université
Ni le sublime enfant, ni l'élève cité?
C'est un point important qu'il s'agit de connaître,
Pour résumer en toi la gloire de ton maître,
De cet abbé, *farci de grec et de latin*,
Qui sut, te ranimant de son souffle divin,
Montrer que le travail qui se fait au collège
Ne donne pas lui seul un droit de privilège

Qui se puisse invoquer en toute occasion,
Dès qu'il s'agit d'étude et de perfection.


— Il était, en cela, d'accord avec ta mère,
Qui voulait que, *nourri de Tacite et d'Homère*,
Son fils pût allier près d'elle, en grandissant,
« Son bonheur à venir à son bonheur présent (1)... »


« Un jour... *c'était* un soir, une sombre figure,
» Chez ma mère survint, — *triste* et fâcheux augure !
» Un docteur au front chauve, au maintien solennel,
» *Dont le verbe était haut* et la bouche sans fiel......
» On *voyait* dans *ses* yeux parfois l'éclair rapide.
» Notre homme était fort laid, mais il était stupide...
» *Il était* chauve et noir, très-effrayant pour moi,
» *De lui*, ma mère aussi d'abord eut quelque effroi.


» C'était le principal d'un collége quelconque... »
Qui par hasard entrait pour parler de quiconque......,
Élevant son enfant, « le laissait dans les bois

(1) Les Feuillantines.

» Emporter *ses auteurs, pour travailler* parfois...
» *Ajoutant qu'*il fallait aux enfans, loin des mères,
» Le joug, le dur travail et les larmes amères
» *Que toujours* le collége, aimable et triomphant,
» Avec un doux sourire offrait au jeune enfant !.....


» L'homme congédié, de ses discours frappée,
» Ma mère demeura triste et préoccupée.
» Que faire? que vouloir? Qui donc avait raison,
» Ou le morne collége, ou l'heureuse maison,
» Qui sait mieux de la vie accomplir l'œuvre austère,
» L'écolier turbulent, ou l'enfant solitaire?...
» Pauvre mère, lequel choisir des deux chemins?
» Tout le sort de son fils se pesait dans ses mains. »


— Elle sut préférer le clos des Feuillantines,
A la fraternité des rigueurs clandestines,
Que l'on se préparait, futur Anacréon,
A me faire subir de par Napoléon,
Étonné qu'un enfant préférât ses charmilles
Et les ombrages frais aux pensums, aux étrilles

Que l'Université, dans son tempérament,
A ses habitués décernait largement.


— Et lorsque je *poussais*, heureux et solitaire,
Le Tyran me faisait disputer à ma mère ;
Indigné de me voir au cloître, avec fierté,
Jouer à pigeon-vole, en toute liberté !


— Quel âge avais-tu donc, pour que ta renommée
Marquât, avant le temps, ta haute destinée ?
Comment, à peine né, déjà l'on te citait,
Et le grand empereur, si fort te redoutait,
Qu'il voulût forcément t'arracher à l'empire
Du cloître des Feuillans pour marcher au martyre ?


— Sais-tu bien que c'est mal, et que ce premier coup
Un jour, dans ses malheurs, a dû peser beaucoup.

# LIVRE DOUZIÈME.

—

## LE VÉRITABLE PROTECTEUR.

———

NAPOLÉON PREMIER. — QUE LUI REPROCHE-T-IL ? — LES
CALOMNIES. — IL AIMAIT TOUS SES SOLDATS. — IL
PARTAGEAIT LEURS DANGERS. — LES GRANDES RE-
VUES. — IL SAVAIT RÉCOMPENSER.


— Comment se nommait-il, de l'Espagne et de l'Inde
Ce roi qui préparait au nourrisson du Pinde
Des succès éclatans?... — Joseph Napoléon !
Il ne descendait pas de ces rois d'Aragon,
Les dignes successeurs des Gotha et de Pélage;
Il était simplement la plus vivante image
De celui qui donna pour appui, pour soutien
A ton père, officier, le rapide moyen
De franchir au galop les grades subalternes
Pour s'élever, d'un trait, des rêves des casernes

A la réalité ; des plus simples honneurs,
Aux droits de la puissance, au cumul des grandeurs.


— Que lui reproches-tu ? Dans un jour de victoire,
D'un grade conféré l'on nous fait une histoire
Qui, suivant ton Plutarque, en vous nuisant bien fort,
D'un brillant avenir a dû changer le sort !


— On n'a qu'à compulser les fastes de l'armée
Pour savoir à quel point elle était acharnée
La haine du tyran pour l'auteur de tes jours,
Qui servait son pays en le servant toujours !


Quel que soit le penchant ou l'ardeur qui nous ronge
Usons de vérité, mais jamais de mensonge !
L'écrivain le plus fort indigne son lecteur,
S'il devient d'apostat un calomniateur !


— Du vainqueur d'Austerlitz vous rappelez la vie,
Et pour mieux la flétrir, contentant votre envie,
Vous venez nous parler de la Bérésina !...
Des soldats, pour lesquels sans cesse il lésina,

Parce qu'ils n'étaient pas de la triste campagne
Qui se fit ressentir au-delà de l'Espagne!


— Mensonge et trahison dont plus tard tu te sers
Pour te rendre excusable aux yeux de l'univers.


— Que voulait l'Empereur? D'une même famille
N'était-il pas le chef?... Cette étoile qui brille,
Venant du même ciel, n'a-t-elle pas pour sœur
Cet astre moins brillant dont toute la splendeur
N'arrive jusqu'à nous faiblement scintillante
Qu'autant que le permet l'étincelle éclatante
De l'astre plus puissant qui domine ses feux?


Tous ceux qui le servaient, vainqueurs ou malheureux,
— Que l'on fût ou soldat d'Espagne ou de Russie, —
Ne les aimait-il pas avec idolâtrie,
Celui qui, partageant leur gloire et leurs travaux,
Des simples fantassins faisait des maréchaux?
Celui dont la grandeur, arrivant jusqu'aux nues,
Venait interroger dans les grandes revues

Des besoins du soldat le plus simple détail ?

Celui qui, dans ses mains, tenant le gouvernail,

Un œil sur chaque corps, divisant sa puissance,

Récompensait, partout et toujours, la vaillance ?

# LIVRE TREIZIÈME.

—

## IL FUT NAPOLÉONIEN

### PAR BOUTADES.

———

NAPOLÉON Iᵉʳ. — AUX CALOMNIES ON OPPOSERA LES GRANDEURS DU PAYS. — POURQUOI PERDIT-IL LA COURONNE? — LA DÉFAITE N'EST RIEN. — LE POËTE L'A DIT. — SON ODE A LA COLONNE (1). — QUE POUVAIT-ON FAIRE DE PLUS POUR LUI? — LES INJUSTICES. — MENSONGES. — LES BROCHETTES DE CROIX. — TOUS LES ROIS SONT SOLIDAIRES POUR CERTAINS DEVOIRS.

— Écrivez, écrivez contre l'ambition

Du héros immortel, dont l'abdication

Sera le démenti de tant de perfidie,

Et nous opposerons aux malheurs de sa vie

Ses immenses bienfaits, les grandeurs du pays,

(1) De 1827.

Ce qu'il voulait tenter, s'il eût été compris !
Discutez de son droit la sublime puissance,
Et le peuple dira, dans sa reconnaissance :

« Il se crut éternel, sous lui Dieu le courba ()
» Comme Thor, fils d'Odin, lui-même il succomba !
» Pouvait-il résister quand la mort en personne
» Vint lutter contre lui ?... S'il perdit sa couronne,
» S'il se vit écrasé par ses propres succès,
» Il n'était pas vaincu, comme le fut Xercès,
» Mais foudroyé soudain, comme le fut Cambise ! »

— La défaite n'est rien quand elle immortalise !
Et ton père, vivant, redirait aujourd'hui
Ce que de l'Empereur le monde dit sans lui,
Sans toi, qui ne vois pas que ce puissant génie
Sur ceux qui l'entouraient a reflété sa vie ;
Et que, dans tout pays, le plus insigne honneur,
Est d'avoir pu servir sous le grand Empereur !

— Laisse-là tes dédains, « *toi qu'enivrait naguère* (2)

(1) *Mémoires d'Alexandre Dumas.*
(2) *Ode à la colonne de 1827.*

» *Ton* nom saxon mêlé parmi des cris de guerre ;

» *Toi* qui suivais le vol d'un drapeau triomphant,

» *Toi* qui fus un soldat *étant encore* enfant,

» Qui, joignant aux clairons ta voix entrecoupée,

» Eus pour premier hochet le nœud d'or d'une épée; »

Un jour il mérita ton adulation,

Et quand tu l'*honoras* de ta protection,

Quand tes vers inspirés allèrent jusqu'au pôle,

Du front du grand guerrier tu brises l'auréole !


—Enfant, *sublime* enfant, sans lui que serais-tu ?

Par quels traits de courage et par quelle vertu,

Aurais-tu mérité plus que ta renommée ?

Pour un homme d'État va-t-on prendre un Pygmée ?

L'auteur le plus brillant, dans sa célébrité,

N'a-t-il donc point assez de l'immortalité ?

Faut-il, pour le combler, doubler les ministères ?

Mélanger au pouvoir les amours adultères

Des lettres et des lois? de l'agitation,

Mêlant à ses *douceurs* la contemplation?


—Que nous fais-tu parler de haines, d'injustices?

Aux plus grands immortels ne donnez point vos vices,

Flatteurs de tous les rois et de tous les états,

Des plus infimes ducs, des plus grands potentats,

Pour peu que vous trouviez la facile conquête

D'ajouter une croix à l'immense brochette

Qui parade, avec vous, dans nos solennités.


Vous volez leurs faveurs, et vous les insultez !


— Il est certains devoirs dont ils sont solidaires.

Ils doivent, en commun, aux bandes mercenaires,

Qui menacent toujours les trônes et les lois,

Donner une leçon profitable, à la fois

A ceux qui sont dupés, par ceux qui les excitent;

A ceux qui, lâchement, sans se battre, en profitent !

# LIVRE QUATORZIÈME.

—

## IL EST DE L'OPPOSITION

### DYNASTIQUE.

————————

PAR VENGEANCE. — SA VIE. — IL NE SERA JAMAIS
PRÉSIDENT DE LA RÉPUBLIQUE. — RÉCAPITULATION. —
QUELLE EST SON OPINION ?

—Veux-tu savoir pourquoi dans l'opposition
Tu vins t'insinuer ?—C'est par ambition,
Disent tes bons amis.—Erreur, c'est par vengeance.
C'est parce que jamais de ton impatience
On ne sut contenter l'appétit dévorant,
Dont le plus inhabile ou le plus ignorant
Peut lire les effets inscrits sur ton visage.
C'est facile à prouver. Lorsque, dès ton jeune âge,
Ta muse s'inspirait pour exalter les rois,
Tu plantais tes jalons et touchais à la fois
La double pension qu'une race chérie

Laissait tomber pour toi de son aumônerie.
De ton vers louangeur tu payais, je le sais,
De chaque événement la joie et le succès;
Tu pleurais au besoin!... Ce fut, on dut le croire,
Le premier échelon de ta future gloire.

Un autre roi survint. Il marqua sa faveur
Par un bout de ruban, et cette croix d'honneur
Dont tu fais fi de loin.—C'était du fanatisme.
Ton vers étincela du plus pur royalisme.
Tu trouvais tout parfait, et ce pauvre Dauphin,
Tu le fis immortel avant qu'en son chemin,
Te rencontrant un jour, d'un seul signe de tête
Il t'osa saluer, ô sublime poëte!

Tu venais, le front haut, d'un pas immodéré,
Solliciter le droit, fort inconsidéré,
De faire amnistier ta *Marion Delorme.*

Un refus invincible, en due et bonne forme,
Devait effaroucher ta superbe raison.
Tu n'étais déjà plus l'hôte de la maison;

Tes vers se ressentaient d'une secrète injure,

Et, lorsque tu parlais de laver la souillure

Que venaient de subir trois de nos maréchaux

Par l'ode à la colonne (1) en frappant sur le dos,

Non d'un ambassadeur, mais du prince en personne,

Tu démonétisais cette belle couronne

Dont tu vantais dans tout la puissance et l'éclat.

Tu ne l'avais pas dit : tu voulais un éclat.

Qui les fit souvenir qu'au château Saint-Lazare (2)

Ils avaient oublié le père de Pindare?


Hé! ne savaient-ils pas l'invincible refrain

Du serpent qu'ils avaient réchauffé dans leur sein!


— Quel est ce cri puissant dans cette nuit profonde?

« Mais c'est le coq gaulois qui réveille le monde (3)! »

Sous les ailes duquel tu viendras t'abriter,

Le caressant d'abord pour le mieux tourmenter.


(1) 1827.
(2) Château paternel.
(3) *Ode à la colonne de 1827.*

— Bien d'autres comme toi croyaient à la lumière
D'un éclat de soleil dont leur âme était fière !
Ce n'était point, hélas ! le soleil d'Austerlitz !
Mais Juillet, en passant, avait fauché les lys,
Et ceux qui n'avaient foi que dans une auréole,
De leur noble drapeau revoyant le symbole,
Sans trahir leur passé s'en vinrent obéir
Au présent, qui semblait présager l'avenir !

—Tu fus pair ; mais le roi te sachant par trop cuistre,
Observant tes entrains, ne te fit pas ministre.
Ce roi que tu flattais dans le duc d'Orléans,
—Dont tu ne protégeas pas même les enfans,—
Tu l'attaquas un jour (1). Cet extrait de jactance
Servit à présager ta prochaine vengeance.

—Elle ne tarda pas, et tes nouveaux amis,
Par les mêmes motifs, un jour seront trahis,
Lorsque, fatigué d'eux, tu finiras par croire
Qu'ils n'ont plus à t'offrir que du travail sans gloire.

(1) *Ode à la colonne de* 1837.

Tu t'es fait leur plastron, et, par leur ascendant,
Tu n'atteindras jamais le rang de président.
C'est un espoir rentré dont il faut que ta vie
Subisse les désirs et la poignante envie ;
C'est un fer rouge au cœur, un supplice croissant,
Qui brûle sans tuer, dont le mal incessant
Est comme le charbon liquéfiant la fonte,
Qui semble s'animer tant que bout la refonte !

Récapitulons donc. — Zélé bourbonnien,
On te vit devenir anti-capétien ;
De par certains écrits tu fus bonapartiste,
Poëte libéral et même philippiste.
Ton appel électif te fit républicain,
Candidat modéré ! C'est le quartier Latin
Qui, jeune, te donna cette leçon charmante,
Qui te fit rengaîner ta verve malsonnante,
Qui prétend aujourd'hui que tu n'es montagnard
Qu'à force de charger d'une couche de fard
La couleur des soucis qui couvre ton visage.
Les uns te disent fou, d'autres te disent sage !

—Qui faut-il écouter?... Es-tu rouge? es-tu bleu?

Ou n'es-tu pas plutôt un peu juste-milieu?

L'on s'y perd, et, pensant aux erreurs de ta vie,

Chacun voudrait te voir de cette parodie,

—Que tu parais jouer avec entraînement,

Arriver, convaincu, vers le prompt dénouement.

# LIVRE QUINZIÈME.

—

## IL EST RÉPUBLICAIN MODÉRÉ

### ET SUCCESSIVEMENT

## DÉMOC-SOC.

———

QUEL USAGE FIT-IL DES DROITS DE LA PAIRIE? — LA
RÉPUBLIQUE DE 1848. — QUE NE S'EN FAIT-IL
L'HISTORIEN. — LE GÉNÉRAL BRÉA. — LE COUP DE
PISTOLET. — SA PROFESSION DE FOI.— IL NE COM-
MANDE PAS. — IL OBÉIT.


— Quel usage fis-tu des droits de la pairie ?

Cet honneur mendié, ce vol à la patrie,

Que pour toi l'on obtint, il te ut concédé;

Et l'on sait par quel art et par que. procédé

Tu sus, en te jouant de la pudeur publique,

Te faire le plastron de cette république

3*

Dont les tristes soutiens, sortis des galetas,
Finirent leurs exploits au saut du vasistas.

— Historien fameux de belles épopées,
A la postérité, dépeins leurs équipées,
Signale leurs exploits, relève leurs tréteaux,
Tu chantais pour les rois, chante pour leurs bourreaux ;
Nomme-toi le Condé de leur nouvelle Fronde,
C'est un moyen de plus d'effrayer tout le monde ;
Aux annales de France, ajoute quelques traits
Enrichis de détails, et pour certains portraits,
S'il te faut employer le style allégorique,
Pour les mieux réussir, ta baguette magique
Saura facilement, fils de Machiavel,
Transformer le gibet en principe éternel,
Donner aux ennemis des formes odieuses,
Garder pour les amis les choses gracieuses.

— Pour le brave Bréa, mets un entre-filet
Qui serve de pendant au coup de pistolet,
Qui, dans un temps donné, suivant la circonstance,
A d'autres mirmidons donna de l'importance,

Expliquant bien surtout, comment te tenant coi,
Sans rire, tu fis la *négation* de foi,
Qui, de constituant à la Législative,
D'un trait te conduisit avec la perspective
De devenir plus tard ministre *et cætera*,
Des mortels le plus grand, et le *nec plus ultra.*

De cet exploit subtil, la forme mensongère,
Ne valait-elle pas cette marque légère,
D'un tribut si puissant par sa duplicité,
Par ses agencemens, par sa complicité?

Aveugle! il n'a pas vu que dans ces Adonies,
En comptant les refrains de ses palinodies,
Les forts le comparaient à l'esclave de Fez,
A ces je ne sais quoi, qu'on mène par le nez.

— Tu ne l'aurais pas cru, ton orgueil se révolte
A ne se croire rien, et celui qui fait volte-
Face, pour commander, s'il n'a su que servir,
Au lieu de l'élever, on le doit asservir.

—Disciple de Proudhon, subis ses lois agraires,

Glaives de Damoclès, fourches patibulaires,

Ces gibets du parti, vrais reflets d'un miroir,

Qui frappent l'imprudent, qui longtemps vient s'y voir !

# LIVRE SEIZIÈME.

—

## LA RÉPUBLIQUE DE 1848.

———

LES VICTIMES. — LE DE PROFUNDIS ANTICIPÉ. — L'EN-
TERREMENT DE LA RÉPUBLIQUE PAR LE GOUVERNEMENT
PROVISOIRE. — LA MARCHE FUNÈBRE.

Malheur ! cent fois malheur ! Faut-il que notre France,
Cette reine des arts, soit sous la dépendance
Du premier des coquins qui prétend la servir
En l'exposant toujours, pour la mieux asservir !

Tous ces ambitieux n'ont-ils donc pas d'entrailles ?

Mais le glas a sonné ; pour qui ces funérailles,
Ces emblèmes de deuil, ces soldats alignés,
Ces enfans de Paris, pâles et résignés,
Que l'on a conviés à cette triste fête ?

Pour qui tant d'apparat, la marche qui s'apprête,
Ces corbillards massés, ces magnifiques chars,
Ces crêpes ondoyans, noués aux étendards,
L'encens et le benjoin dans ces coupes fumantes,
Et ces mille faisceaux de torches flamboyantes,
Ces tambours recouverts, dont chaque roulement
Finit à pas comptés par un seul battement
Qui vous glace le sang et porte à la prière ?


De celui qui n'est plus, qu'elle doit être fière
L'âme qui s'envola ! Et pour le spectateur,
Qui ne peut qu'admirer l'œuvre du Créateur,
Qu'il doit être puissant, le vrai Dieu qui l'inspire,
Vers la divinité le charme qui l'attire !
Ces fusils sous le bras, vers la terre inclinés,
Ces hommages, ce bruit, ces honneurs décernés
Et ces coups de canon, témoins de notre gloire,
Dont Paris résonnait dans nos jours de victoire,
Pour qui sont-ils tirés ? Est-ce l'homme d'État,
Le grand agitateur, le *célèbre* avocat, —
Dont les prétentions et la bave féconde,

Dans nos jours de malheur, épouvantaient le monde,—

Que l'on enterrerait?... — C'est le gouvernement,

Qui, — pour se montrer fort, et par entraînement, —

Lisant dans l'avenir en style prophétique

Le lever, le coucher de NOTRE République,

D'un beau *De Profundis* à son intention

Fait essayer l'éclat par procuration ;

Décernant en commun, aux premières victimes

De ses entraînemens, les preuves magnanimes

Des regrets venant de la sensibilité

D'un pouvoir qu'il exerce avec fraternité !

# LIVRE DIX-SEPTIÈME.

—

## L'APPEL AU PEUPLE.

————

### I.

CE QU'ILS SONT. — CE QU'ILS VALENT. — CE QU'ILS ES-
PÈRENT. — LA COMMUNAUTÉ. — LE NIVELLEMENT. —
L'ASSASSINAT.

Qu'on enlève les morts! le maître le commande ;
Et que sur les cercueils on mette pour légende :
—Des plus grands des Français et pour leur faire honneur
Le pouvoir souverain a su verser un pleur ! —

— Que le peuple, attentif, prenne cela pour base !
Que chaque citoyen, méditant cette phrase,
Retrouve son orgueil et reprenne son rang.
Arborons nos drapeaux ; qu'ils soient couleur de sang !
Aux traîtres, aux félons, de l'un à l'autre pôle,

Disons sans plus tarder: Nous sommes le symbole
De toutes les vertus ! Le salut est en nous ;
Il faut vaincre ou mourir !... Frères, relevez-vous !
Secouez vos torpeurs ! La France nous désire ;
Elle nous tend ses bras ! Le peuple nous admire ;
De ses félicités soyons les artisans !
Sachons le délivrer de ses rois, ces tyrans
Qui semblent oublier que les biens, l'opulence
Doivent changer de mains, pour donner l'abondance
A ceux qui ne l'ont pas !... De toute autorité,
Le plus puissant levier c'est la communauté !
Nivelez, nivelez ! Il nous faut des tempêtes ;
S'il en est de trop grands, faites tomber leurs têtes.
C'est de l'égalité le premier argument.
Frappez donc sans quartier, et pas de sentiment !
Frappez le capital ! frappez sans intermède
Sur le riche avant tout, sur celui qui possède !
Ce sont des ennemis. Visez, et sans compas —
Sion, tuez ! Les morts ne se relèvent pas !

C'est dans l'assassinat qu'ils puisent leurs ressources.
Ce que disent entre eux ces vrais coupeurs de bourses,

Ne nous le cachons pas, se retrouve surtout
Dans les brandons fumans qu'ils décochent partout.

LE PEUPLE. — QU'ILS LE PRÊCHENT D'EXEMPLE. — LES
ÉNERVÉS DE ROME. — LA RÉFORME DES LOIS.


—Pour nous parler si haut, paradeurs d'hippodromes,
Gouvernans incompris et généraux sans hommes,
D'où tenez-vous les droits dont vous vous prévalez?
Du peuple? — Il sait trop bien ce que vous tous valez,
Pour ne pas s'affranchir de cette curatelle,
Qui le fit criminel en le rendant rebelle !


— Vous voulez son appuisachez le mériter ;
En le prêchant d'exemple, et sans plus imiter
D'illustres débauchés, les énervés de Rome,
Qui, se croyant géans, ne valaient pas un homme.


— Comme eux immodérés dans vos moindres désirs,
Ilotes corrompus, saturés de plaisirs,
Vous ne comprenez pas que votre main débile,
De granit qu'elle était s'est changée en argile,

Et que ne pouvant rien, pour fixer son bonheur,
Il voit, lui, ce que peut le cerveau d'un rêveur !


— Vous voulez réformer les lois de la patrie?
Réformez-vous d'abord ; que la source tarie
De ces beaux sentimens qui font l'homme de cœur,
Se révèlent en vous. Alors de votre honneur
N'ayant plus à douter, notre mère commune,
Retrouvant ses enfans, saura de l'infortune
Adoucir les rigueurs. . . . . . . . . . . . .

# LIVRE DIX-HUITIÈME.

## LES ÉCRITS INCENDIAIRES.

LA CLÉMENCE. — LA HAINE. — LA FABLE DE FONTAN. — LEURS FESTINS. — LES DÉVORANS ET LES DÉVORÉS. — A QUI ACCOLÈRENT-ILS LE PEUPLE? — IL SE BATTAIT POUR EUX. — ILS MANGEAIENT POUR LUI.

. . . . . . . . . . . . . . . Comment peut-il venir
Le grand jour du pardon, ce jour du repentir,
Lorsque des forcenés, dont la haine profonde
Épouvante le ciel, et la terre et le monde,
Font de l'assassinat leur premier argument!

Mais la main doit sécher sur de tels documens,
Que jamais le bourreau n'a dû brûler encore,
Tant ils sont monstrueux;  et jamais le centaure,

Dans ses hennissemens, n'a fait autant de bruit
Que ces illuminés, que la haine conduit !

Funeste passion, digne sœur de l'envie,
Cette arme à deux tranchans, à double perfidie,
Dont le peuple est imbu, dont tout réformateur
Se sert pour arriver plus sûrement au cœur !
Que de fois, dans leurs mains, elle fut sanguinaire !
C'était le *jusqu'à quand* d'une catilinaire
Dont la flamme vomie et l'effet perforant
S'échappent d'un volcan terrible et dévorant.

Si vous menez ainsi vos amis par la longe,
La fable de Fontan (1) n'est donc pas un mensonge?
Car les tondus d'alors vous les avez tondus.
Vous étiez au pouvoir, et, pour vos retondus,
Qu'avez-vous donc tant fait, soulageurs de misères,
Aboyeurs patentés, allumeurs de cratères,
Parleurs sempiternels?... Vous aviez le gros lot !

_____

(1) *Le Mouton enragé*.

— Pour lui, ne pouvant pas mettre la poule au pot,
Lorsqu'il mourrait de faim, de la simple miette
De votre superflu faisait-il la conquête?

— Des produits de Chevet, les mets étaient exquis! —
De quoi se plaindrait-il?... Allons, saute, marquis!

— En fait de sentimens, vous êtes coriaces,
Et n'avez pour tout cœur que de doubles besaces
Que le peuple, affamé, n'a jamais fait qu'emplir!
Pour lui sont les dangers, et pour vous le plaisir!

— A qui l'accoliez-vous, au jour des hécatombes,
A ces jours détestés où le deuil et les tombes
Marquaient les résultats de vos sanglans ébats?
A qui l'accoliez-vous?... Aux voleurs, aux forçats,
Dont vous n'aviez pas su dissimuler la marque!
Il se battait pour vous, et, jouant au monarque,
Déjà dans les palais, princes voluptueux,
On vous reconnaissait à vos goûts fastueux!
Vous trôniez en vainqueurs, et, frappé par les balles,
Quand ce peuple tombait, lâches Sardanapales,

Vous buviez pour penser au joyeux lendemain,
Et, pour les cœurs brisés, le vôtre était d'airain !

# LIVRE DIX-NEUVIÈME.

—

## LA PROPAGANDE.

———

LA BELGIQUE.—LES RISQUONS TOUT.—LA DÉBACLE.—
LA DÉFENSE DU PAYS.—LA TÊTE DE L'HYDRE.—CE
QU'ON POUVAIT ATTENDRE.—LE ROI DES BELGES.


—Des plus grands attentats, tristes missionnaires,
Ils voulurent, un jour, de bandes mercenaires
Infester les pays. Dès leur point de départ,
La Belgique, on le sait, eut la première part.
Et de ces *risquons tout*, la phalange tronquée
Trouva pour la dompter et le peuple et l'armée.
Ils venaient en vainqueurs, et tous ces grands vauriens
Se virent à l'instant traqués comme ces chiens
Que le fin douanier, dans ses ruses fécondes,
Arrête quand il veut. Misérables Jocondes,

Qu'un soleil d'Austerlitz devait tant rehausser,
Qu'un effet de brouillard suffit pour éclipser !

Quel est le narrateur qui d'un pareil spectacle
A fait de ces forbans l'histoire et la débâcle ?

Ils s'étaient dit entre eux : — Tout pour nous recevoir
Est prêt dans le pays ; nous n'avons qu'à vouloir,
Et le peuple flamand, ce peuple qu'on renomme,
Aux enfans de Paris viendra donner la pomme.

— Mais le peuple flamand, ce peuple contrôleur,
Des enfans de Paris en criant : au voleur !
Sut se débarrasser. C'était prudent et sage.
Qu'y pouvait-il gagner ? quel était l'avantage
Qu'il pouvait retirer d'un ramas de bandits ?
D'infâmes trahisons, d'inutiles conflits,
Le désordre d'abord, les fléaux de la terre,
Tout son calme perdu, la discorde et la guerre !

Puissent de pareils faits ne jamais s'accomplir !
Ce n'est pas tout de vaincre, il faut savoir mourir ;

Mourir en défendant le pays que l'on aime ;
Vaincre pour récolter les produits que l'on sème,
Et ne pas s'exposer, pour comble de malheur,
A se voir enlever le fruit de son labeur!

Pour sauver Bathuel, la tête d'Holopherne
En Israël tomba. Quand de l'hydre de Lerne
Vous pouvez, en frappant les sept cous tortueux,
Voir tomber chaque tête à ce corps monstrueux.
Si vous ne brûlez pas incessamment les plaies,
Les têtes reviendront. Traînez-le sur des claies,
Détruisez de son sang tous les reflets blafards ;
Une goutte perdue, aux Hercules bâtards
Fournirait un moyen, un but, une donnée,
Et du sang recueilli, la flèche empoisonnée
Atteindrait tôt ou tard, dans l'ombre et sans éclat,
Le premier d'entre vous, le premier de l'État !

—Vous préserve le ciel de tant de perfidie !
Le roi que l'on chérit est la nouvelle vie,
Qui, toujours vigilante, augmente le bonheur
Des peuples dont il est le premier protecteur!

# LIVRE VINGTIÈME,

—

## LE DROIT D'ASILE,

———

LE PEUPLE ANGLAIS. — IL NE DEMANDE RIEN AUX
RÉFUGIÉS. — IL EST HEUREUX AVEC SES INSTITUTIONS.
— IL NE SAIT QU'OBÉIR. — DE LA DÉCADENCE DE L'AN-
GLETERRE (1). — ÉCONOMIE POLITIQUE A LA MANIÈRE
DES GRANDS RÉFORMATEURS. — PEEL !

— Misérables fauteurs, infâmes matamores,
Dont les indignités suintent par tous les pores,
Sanguinaires démons de la fatalité,
Qui parlez à l'abri de l'hospitalité
D'un peuple généreux, qui toujours persévère
A défendre, avant tout, le pouvoir qu'il révère,
Sur lui que pourrez-vous ? Fût-il Béotien,

(1) Brochure de M. Ledru-Rollin.

Heureux dans son pays, il ne demande rien.
De ses prospérités, la source fécondante
Ne tarira jamais ; elle est si jaillissante,
Qu'étendant son réseau sur les peuples divers,
Elle a pour aliment les flots de l'univers.

— Vous lui parlez de droits ? Il vous montre sa charte,
Ses lois, son Parlement. Parlez d'Athènes ou Sparte,
Réforme ou liberté, que lui font vos grands mots ?
Il ne les comprend pas ; ce sont autant d'argots
Qui ne l'arrêtent point. Montrez son paupérisme,
De l'Irlande tracez les douleurs et le schisme,
Cherchez à l'émouvoir sur ces infâmes lords,
Qui, s'emparant de tout, sans honte et sans remords,
Affament le pays, pressurent la patrie
En fondant leur espoir sur leur idolâtrie ;
Tout cela ne fait rien ; vous lui parlez hébreu ;
Il ne vous comprend pas, et se souciant peu
De votre liberté, de votre propagande,
Il ne sait qu'obéir au maître qui commande !

— Vous foulez de son sol, sans trop le mendier,

Les villes et les parcs, le pays tout entier ;
Vous voyez ses grandeurs et sa richesse immense,
Et votre grand Hallah ! sans plus de patience,
Pour frapper un grand coup, élabore à longs traits
Un factum n'exprimant qu'un but et des souhaits !
On l'ouvre pour chercher un instinct théorique
D'un peu d'économie, élément politique
Dont les plus grands États se font un instrument ;
Et l'on n'y trouve rien, rien, rien absolument
Qu'un mélange confus de phrases redondantes,
Qu'un amas superflu de ces preuves ronflantes
Dont tout esprit sensé ne comprend les raisons
Que s'il sait l'inventeur aux Petites-Maisons ;
Et cela pour prouver, par un coup de tonnerre,
La décadence... — Bah ! — De quoi ? — De l'Angleterre !

Par excentricité, les Anglais sont rieurs ;
Mais partout il en est de si supérieurs,
Qui, ne vous passant rien, en fait d'économistes
Ou de réformateurs, appellent des banquistes
Ceux qui, vivant beaucoup, jaugeant leur abdomen,
Se disent aussi forts que Bentham, que Cobden ;

De tout mauvais projet sont les auxiliaires ;
Des réformes de Peel se font les adversaires,
Sans pouvoir les comprendre, et, parlant de tarifs
Et de réductions, sont si superlatifs,
Que voyant leur aplomb, sans user de contrainte,
On les laisse parler. . . . . . . . . . . . . . . . .

## II.

DES REVENUS PUBLICS. — LE COUP D'ÉPAULE DES MILLIONS.
— PRENDRE SANS CONTRÔLE. — LEURS MOYENS POUR
S'ATTACHER L'ANGLETERRE. — IMMENSE ÉCLAT DE
RIRE. — UNE RÉPONSE SANS RÉPLIQUE. — LES HALTES
DE REGENT-STREET. — LES RÉFUGIÉS.


— . . . . . . . . . . Toucher à l'arche sainte
Des revenus publics sans en rien accrocher,
C'est bête ! mieux vaudrait savoir les empocher !

— Donner aux millions le fameux coup d'épaule
Qui vous les fait palper en bloc et sans contrôle,
Vaut infiniment mieux : c'est travailler en grand !
Et leur Peel n'était plus qu'un ministre-marchand,
Un grand monteur de coups, des ladys le Léandre !

— Lorsqu'on prend du galon on n'en saurait trop prendre.
Le peuple anglais s'en va ! — Voulez-vous le tuer ?
Desséchons l'Océan et, pour substituer

Nos projets à l'argent, ouvrons des commandites,
Et ces mêmes Anglais, frappés de nos mérites,
Heureux de retrouver des terres dans les mers,
Dresseront des autels à qui brisa leurs fers ! —


Ainsi parlait un jour cet enfant d'Amathonte,
Ce grand commentateur !... et l'auteur de ce conte,
Des grands événemens le Jupiter tonnant,
A son adresse lut plus d'un mot malsonnant.


On en rit à la cour, on en rit à la ville,
La taverne surtout et le *Punch*, entre mille,
Se firent un devoir de s'égayer un peu
Sur l'œil intuitif de ce gros boute-feu
Parodiant Cortez !... L'auteur cabalistique
Se posait en vainqueur, et la foi britannique,
Comprenant les motifs de la connexité,
Avec flegme lui dit, non sans brutalité :
—Nous tenons à nos lois; et ces lois vous protégent,
Si vous les transgressez, nos paquebots abrégent
La route et les moyens. Ne l'oubliez jamais ! —

C'était clair et précis, impitoyable,.... mais

Ne sont-ils donc pas tous de la même famille ?

Prompts à se révolter, tout leur mérite brille

A ne rien respecter. Ils n'ont ni foi, ni loi :

Partout on les pourchasse, et de leur palefroi,

Qui n'est pas un coursier, de *Regent-street* l'asphalte

Leur permet d'exclamer, de cette grande halte,

De leurs droits méconnus les faits constitutifs,

Du droit des nations présages subversifs.

Partout dominateurs, ils n'épargnent personne ;

Des usages, des mœurs, devant l'ardeur gloutonne

Des premiers dévorans, un jour inclinez-vous,

Et bientôt ils diront : Cette terre est à nous !


—Elle leur reviendra si vous n'y prenez garde !


Par eux, jugez de tous. Vous avez l'avant-garde ;

Le meilleur n'en vaut rien ; les autres guère mieux :

Ceux-là sont les plus forts et les plus dangereux !

# LIVRE VINGT ET UNIÈME.

—

## L'INSURRECTION ROMAINE,

———

### I.

LES DIVERSIONS, — L'ARRESTATION DU PAPE, — LES
FAUX PÈLERINS, — LA DIVISION DES POUVOIRS.

— Aurait-on jamais cru qu'ils pousseraient l'audace
Jusqu'à vouloir venir, indigne populace,
Citoyens indomptés, affrontant les hasards,
Au Capitolium former des Montagnards.
Menacer, d'un seul coup, les rois de l'Italie,
Et faire des Romains une race avilie ?

Ne leur fallait-il pas quelques diversions
Pour semer, parmi nous, de ces divisions

Qui tiennent en suspens et troublent le commerce ;
Qui font des mécontens, et par la controverse
En effrayant le faible, en irritant le fort,
Ont l'art de susciter des menaces de mort ?


C'est ainsi que, partant pour les États du pape,
Marchant séparément et doublant leur étape,
Ils voulaient, pauvres fous ! surprendre au Vatican
Celui qu'ils appelaient des peuples le tyran :
Ils voulaient pour masquer cette belle équipée,
En pauvres pèlerins demandant une entrée,
S'approcher du Saint-Père avec dévotion,
Pour opérer, d'un coup, son arrestation.


— Contester les pouvoirs de la noble victime,
Se disaient-ils entre eux, se montrer magnanime
En la dépossédant, n'est-ce point affermir,
Son droit de commander en celui d'obéir ?


— Plus les pouvoirs son grands, plus il faut les réduire
Souffler n'est pas jouer, scinder n'est pas détruire :

Diviser, pour régner, c'est la loi du plus fort !

Il l'était par la foi, qu'il subisse sont sort

En sachant s'incliner; sa nouvelle fortune

Durera plus longtemps; notre cause est commune.

## II.

L'ASSASSINAT DU COMTE ROSSI. — LE PAPE. — INVOCA-
TION. — DE QUOI SE COMPOSAIENT LES BANDES DES
ENVAHISSEURS. — LA PORTE SAINT - PANCRACE. — LE
GUET-APENS.


La fortune, pour eux, c'était l'assassinat.


En tuant au palais son ministre d'État,
C'était du souverain éprouver le courage.
Vous pouviez sans péril lui cracher au visage,
Jésus, le Rédempteur, l'ayant souffert pour nous,
C'était prêcher d'exemple, en le souffrant de vous !


— Évêque universel de l'éternelle Église,
Consolateur divin, qui prêche et moralise,
Esclave de la foi, toi qui vois du Seigneur,
La sublime puissance et toute la splendeur,
De ces envahisseurs, détruisant l'espérance,
Au jour du repentir conserve ta clémence !

Ils viennent pour te vaincre et pour te désoler ;
Dans leurs afflictions, vis pour les consoler !

De quoi se composaient ces brutales phalanges
Qui vinrent transporter, dans le séjour des anges,
De l'insurrection les drapeaux indomptés,
En s'y glissant le jour, la nuit, à pas comptés ?

— Des peuples le rebut. Ces fils de même race,
Se jugent par un fait : la porte Saint-Pancrace,
Ce pilori vivant de leur duplicité,
L'infâme guet-apens de leur indignité,
Dans lequel nos soldats tombèrent en victimes,
Détestable forfait ! le plus lâche des crimes !
Dont les Barbares seuls, les hordes d'assassins
Enrichissaient, jadis, leurs coupables desseins !

Ces temps n'existent plus, il manquait à la gloire
De l'un des triumvirs (1) d'en fixer la mémoire
Par un de ces hauts faits qui soulèvent le cœur,
Et laissent après eux le dégoût et l'horreur !

(1) Garibaldi.

## III.

CE QU'ILS CONTESTAIENT. — CE QU'ILS APPORTAIENT. —
DIEU VEILLAIT SUR ROME. — LA ROME D'AUTREFOIS. —
SES RICHESSES MONUMENTALES.

— De quel droit venaient-ils dans la ville immortelle
Changer les attributs de la main paternelle,
Immuable trésor qui jamais ne tarit,
Qui console en aimant, qui soulage et bénit
Le pécheur repentant, le pauvre qui supplie,
Et le blasphémateur qui souffre et s'humilie.

Vous voulez des combats? Il ne veut que la paix,
La concorde partout; il veut que les palais
Soient les premiers appuis de la pauvre chaumière,
Comme des affligés : c'est la seule manière,
De porter la croyance et la conviction,
De faire adorer Dieu par la religion.

— En voulant renverser les lois de leur patrie,

Leurs usages, leurs mœurs, jusqu'à leur foi chérie,
Que leur apportiez-vous ? — De toutes vos erreurs
L'ensemble général, un surcroît de malheurs,
Le monde renversé, le deuil et les misères,
Un amas de projets, les travaux éphémères
De ces cerveaux brûlés qui rêvent en parlant,
Qui prennent leurs grands mots pour de l'argent comp-
                                              [tant.

Si des plus grands malheurs la ville aux quinze portes
Dans ce duel de sang, se montrant des plus fortes,
Parvint à se garer de ces hommes de fiel,
C'est qu'elle avait pour elle et son droit et le ciel.

Rome était en naissant, si l'on croit l'antiquaire,
Un gros bourg corrompu, de brigands un repaire.
Elle dut à sept rois sa force et ses splendeurs :
Ingrate, elle servit de proie aux oppresseurs,
Et pendant un long temps elle fut gouvernée
Par d'augustes Césars, qui l'avaient dominée.

Pensait-on que, plus tard, la ville des Tarquins,
Redeviendrait le but de ces mille coquins,

4*

Qui, de rien qu'ils étaient, perdus dans les coupoles,
Prétendaient se poser en rois des Capitoles !

— Vos riches monumens, seraient-ils bien gardés,
Si par ces grands vainqueurs ils étaient possédés ?
Magnifiques témoins de vos grandeurs passées,
Laisser en d'autres mains les pages illustrées
De votre Michel-Ange et du grand Raphaël,
C'est livrer des trésors aux brigands d'Ismuël,
Qui pendant deux cents ans, vivant comme des traîtres,
N'étaient bons qu'à frapper l'ennemi de leurs maîtres.

# IV.

CONSEILS. — LES EXHORTATIONS DU SAINT PÈRE. — LE
LANGAGE DES INSURGÉS. — COMPARAISON. — DES RELI-
GIONS. — LA RELIGION CATHOLIQUE. — CE QU'EST LE
PAPE POUR ELLE. — IL PRIE POUR TOUS.

— De ces nouveaux amis, sachez vous préserver ;
De leurs entraînemens ce qui peut arriver
Ne serait que fatal et peut-être sinistre ;
Car de Dieu tout-puissant, du vrai Dieu, le ministre
Vous dit avec ferveur : — Aimez votre prochain.
Le bonheur d'aujourd'hui peut vous manquer demain ;
Si les temps sont changeans, la fortune inconstante
S'éloigne trop souvent, et la main consolante
Qui vers les affligés se tendait pour donner,
Un jour pour recevoir peut aussi s'incliner.

C'est par la charité qu'on rachète ses fautes,
Et quant aux indigens, ces tristes Argonautes
De toutes les douleurs, secourez-les d'abord ;
Aidez-les promptement à supporter leur sort.

Ils ne souffrent pas seuls. Le riche peut attendre;
Mais le pauvre jamais, s'il n'a pour se défendre
Des sources de tout bien le principe éternel,
L'aumône d'ici-bas qui monte droit au ciel!

—Parlent-ils comme lui? comparez leurs langages,
Et vous conserverez au plus prudent des sages
Cet amour filial qui saura vous sauver
Des faux entraînemens, du besoin d'innover,
Et vous ne craindrez plus les démons de l'envie.

—De l'adoration, si puissante en Russie,
Le premier des croyans, quel est-il? — l'Empereur.
Par son titre puissant il double sa grandeur!
Si des mahométans Abdul est le calife,
Du culte protestant si la reine est pontife,
Les Anglais savent-ils que du monde chrétien,
Du grand apostolat le pape est le soutien?
Qu'il est l'élu de Dieu? le pivot de l'Église?
Le doigt qui réunit et jamais ne divise?
Le cœur, de tous les cœurs le plus compatissant?
Et le plus accessible, et le plus bienfaisant?

Qu'il n'a qu'un seul bonheur, celui de la prière?

Ce bonheur infini dont son âme est si fière
De parler à son Dieu, le Dieu clément et bon,
Pour ne lui demander qu'indulgence et pardon !

—Le pauvre qui maudit, le riche qui blasphème,
L'infidèle riant des vertus du saint chrême,
Cette huile de la foi, la confirmation,
Qui conduit de la vie à l'extrême-onction ;
Le pécheur endurci, l'habitant du Bosphore,
Celui qui du soleil fait le dieu qu'il adore ;
Égyptiens, Chinois, Perses ou Chaldéens,
Arabes, fils de l'Inde et des Chananéens,
Alliés, ennemis, mécréans ou fidèles,
Il implore pour tous, et sur tous il appelle
La source de tout bien, la fin de tout revers :
En bénissant les uns, il bénit l'univers!

## V.

LE PAPE EST FORCÉ DE FUIR. — IL PRIE POUR SES PERSÉ-
CUTEURS. — LES HORREURS DE LA GUERRE CIVILE. — SON
POUVOIR SPIRITUEL ET TEMPOREL. — SES DROITS ET
SA PUISSANCE. — DÉTRUISEZ ! — IL EN RESTERA TOU-
JOURS ASSEZ POUR FAIRE ADORER DIEU !

Et que ne fait-il pas dans ce triste voyage !

Chassé du Quirinal, menacé d'esclavage,
Obligé de s'enfuir, l'illustre pèlerin,
D'un regard consterné, vers le Mont-Aventin
En sublime penseur, tournait sa tête auguste.
Il priait pour le bon, il priait pour l'injuste ;
Il demandait au ciel pour l'enfant égaré,
D'un retour sur lui-même, éclair inespéré,
L'ineffable bonheur ! Seul l'écho, d'épouvante
Répondait tristement à sa voix émouvante :
— Possédés du démon, ils ne cédèrent pas !
Les présages de mort et partout le trépas !
Romains contre Romains, de sicaire à sicaire,

Ils se menacent tous! Et du Christ le vicaire,

N'ayant qu'un seul espoir, ne formant plus qu'un vœu,

Humiliant son front, implorait avec feu,

Des grâces du Très-Haut, comme grâce dernière,

De revoir ses enfans sous la même bannière,

Ramenés vers le bien, n'avoir qu'un même cœur,

Pour servir le prochain, en servant le Seigneur!


Ainsi priait toujours, et de toute son âme,

L'apôtre couronné, que le saint zèle enflamme!


— Que lui faisaient, à lui, du droit spirituel

Les tristes démêlés avec le temporel?

Que lui font les grandeurs? que lui fait l'argutie?

Sa force et son pouvoir sont dans l'Eucharistie!

Du premier de ses droits principe incontesté,

Du seul maître qu'il sert suprême majesté,

Vous pouvez attaquer ses droits et sa puissance;

Elle est universelle, elle est, de plus, immense!


— De nos temples fameux, profanez les autels,

De nos livres sacrés déchirez les missels,

Et ce qui restera des croyances publiques,

Ce qu'on nous montrera de nos saintes reliques,

Suffira pour dompter tous les peuples divers,

Et vers un même Dieu transporter l'univers !

# LIVRE VINGT-DEUXIÈME.

—

## L'ÉGOISME DES NATIONS.

———

L'ANGLETERRE. — LES INSURRECTIONS. — L'ASSASSINAT
DES ROIS.—LE MUTISME.—LES CHOSES MENAÇANTES.
—LA DESCENTE EN ANGLETERRE.—DE QUI VIENDRAIT-
ELLE ?

—Des chefs-d'œuvre des arts tolérer le pillage,
C'était dans le forum mettre un anthropophage,
Aux yeux de l'univers, c'était se rabaisser,
Se montrer impuissant et se rapetisser !

On peut, à la rigueur, du venin d'un reptile
Se préserver à temps ; de la guerre civile
Les effets désastreux ne s'effacent jamais,
On les maudit trop tard. — Dans vos brouillards épais,
N'oubliez point cela, puissans de l'Angleterre !

— Vous fauchez les chardons, vous défrichez la terre
Pour la débarrasser du germe malfaisant,
Qui dévore le sol et le rend languissant,
Et vous ne sauriez pas imposer le mutisme
A des enfans perdus, dont le cruel cynisme
Conseille impunément, commande en potentat,
Dans un pays de rois, des rois l'assassinat !

Dans ce gouvernement, il n'est donc pas un homme ?

— Ne vous y fiez pas ; pensez au sac de Rome,
A ces jours de terreur, à ces grands attentats
Qui pourraient quelque jour menacer vos États ;
A cet amas confus de brigands, de Vandales
Qui voulaient transformer les couronnes murales
De la ville éternelle en couronnes de sang !

— Ah ! quel que soit le trône et quel que soit le rang
Qu'ici-bas vous teniez dans l'empire du monde,
Plus du mal qui se fait la racine est profonde
Et plus elle atteindra celui qui de sang-froid,
Dans ces cruels momens, se montre maladroit ;

Celui qui veut montrer le plus de quiétude,
Alors qu'il est frappé de plus d'inquiétude!

—De Saint-Pierre de Rome à Saint-Paul des Anglais
Le pas n'a rien d'immense; il suffit d'un biais,
D'un de ces coups du sort, d'une seule *descente!*

— Laissez-les comploter; rendez leur voix puissante,
Et trop tôt vous saurez, s'ils changent votre sort,
De qui viendront les cris de vengeance et de mort!

—De tous ces forcenés, vous connaissez l'histoire;
En leur tolérant tout, redoutez leur victoire;
Leurs infâmes écrits se répandent partout,
Ils attisent la flamme, ils menacent surtout
Des trônes existans la suprême puissance!

Tous les brandons fumans ne sont pas pour la France.

# LIVRE VINGT-TROISIÈME.

—

## LA SAINTE ALLIANCE

### DES PEUPLES.

————————

LES DIVISIONS POLITIQUES. — LES PEUPLES SONT FATI-
GUÉS DE DISCORDES. — CE QU'ILS DEMANDENT. — LE
BONHEUR UNIVERSEL.

Le peuple anglais le sait, de nos divisions
Surgirent des malheurs. La paix des nations
Vaut bien mieux pour les rois que toutes les querelles
Qui ne s'effacent pas et laissent après elles
De nos inimitiés le funeste levain.
A quoi leur servirait de repousser la main
Qui, pouvant contre tous exciter la tempête,
A dit aux élémens : « Que la vague s'arrête ! »
Et les flots menaçans, qui marchaient indomptés
Vers des climats lointains, fuyant épouvantés,

5

Ont compris ce que peut la puissance d'un homme
Qui veut bien ce qu'il veut. Magnifique symptôme
D'un pouvoir fort et grand qu'il saura conserver,
Comme il sut en un jour, sans bruit, nous préserver
Des effets de la plaie ignoble et sociale,
Effroyable pour tous, et si bien générale,
Qu'un peuple, quel qu'il soit, ou libre ou bâillonné,
Malgré vous et lui-même en est empoisonné !

—Il vous menace aussi, vous, la vieille Angleterre !
A force de ruser, quelquefois on s'enferre ;
Et les autres États, menacés comme vous,
N'ont rien à redouter s'ils marchent avec nous.

— Les peuples fatigués de discordes, de haines,
Lorsqu'ils parlent d'abus, d'entraves et de chaînes,
Que vous demandent-ils ? Un utile concours,
L'examen des traités, d'efficaces secours.
Souvent, en se plaignant, ils ont raison peut-être.
Pour se les attacher, augmentez leur bien-être ;
Ecoutez leurs griefs, leurs utiles avis ;
S'ils sont avantageux, qu'ils soient partout suivis.

Au bonheur général, aux arts, à l'industrie,
Aux plus grands intérêts consacrons notre vie;
A ce qu'on fait de bien, à ce qu'on fait de beau,
Préparons des succès un lustre tout nouveau.
Rejetez loin de vous toute folle manie,
Qui, prenant les dehors de la philanthropie,
Se présente guindée, en superbe attirail;
Pour exploiter l'abus de ce droit au travail
Dont les plus paresseux font un grand étalage.
Leur besoin d'innover n'est que du bavardage;
Le moyen le moins sûr d'arriver promptement
Au faîte des grandeurs et du gouvernement.
Ce droit, il est en nous, il est dans nos coutumes;
Du nom des travailleurs on ferait des volumes.
Les sources du travail ne tarissent jamais!
Travaillons en commun, travaillons désormais;
Et soutenons si bien le pouvoir qui féconde,
Que l'on puisse à l'envi, de l'un à l'autre monde,
Nous traiter de grand peuple, et que, partout cités,
Nous portions l'élément de nos prospérités;
Des preuves de bon goût à nul autre pareilles,
De nouveaux résultats, de charmantes merveilles!

—Cultivateur, poëte, artiste, citoyen,
Négociant, armateur, tenons-nous par la ma...
Suivant un même but, nous aurons la puissance ;
Ne formons entre tous qu'une sainte alliance ;
Celle-là vaudra mieux que les mille combats
Qui pressurent le peuple et perdent les États ;
Celle-là vaudra mieux que les grandes conquêtes
Qui bravent le destin sans prévoir les tempêtes !

# LIVRE VINGT-QUATRIÈME.

—

## NAPOLÉON-LE-PETIT,

——

### I.

LA FRANCE VEUT LA PAIX. — TOUJOURS LUI. — IL SE
RÉFUGIE EN BELGIQUE. — CE QUE VAUT SA PAROLE. —
IL N'ÉCRIT PAS, — IL SE PARJURE.

La France veut la paix ; mais les ambitieux
Pour nous mieux dominer se font séditieux.
Celui qui croit en lui comme on croit à sa mère
Par calcul le devint. Dans un jour de colère
Pour Bruxelles il part... Tenez, il court encor
Pour conserver en lui l'éclat de l'âge d'or.

De l'hospitalité recevant la promesse,
Il jura sur l'honneur qu'il aurait la sagesse
De ne rien publier contre un gouvernement
Que d'autres un matin, et sans ajournement,

Par une exclusion vengeraient d'une offense
Écrite contre lui dans un jour de jactance.

On le crut sur parole. Il est de telles gens
Qui jurent ce qu'on veut, même le guet-apens,
Pour mieux cacher leur jeu, que leur fait le parjure?
Un de plus, un de moins, s'il est dans leur nature,
Ne les arrête pas, lorsqu'il sauve la main
Qui s'engage aujourd'hui pour mieux frapper demain.

A quoi bon se gêner? Ce n'est qu'une promesse.
Ce ce que l'on n'écrit pas, avec un peu d'adresse,
Se dicte ; c'est tout comme, et ce que l'un promet,
Sans fausser son serment, s'imprime et se transmet.

Ainsi se conduisit aux yeux de la Belgique
Ce tribun fugitif. Était-ce politique?
Devait-il, lui, poète-académicien,
Se montrant couronné du bonnet phrygien,
Perdre ainsi tout crédit, paraître sans portée?
De chrétien qu'il était se poser en athée?
Devait-il, oubliant ce qu'un homme se doit,
Se parjurer encor?...

## II.

CE QUE VAUT SON LIBELLE. — SE SAUVE-T-IL? — IL
S'EN VA. — LES MANIFESTES.

. . . . . . . . Écrit-il ce qu'il croit,
Quand, pensant arrêter le soleil dans sa course,
D'un autre Josué n'ayant pas la ressource,
Il se met à tracer un amas incompris,
De faits entrecoupés, dont l'acheteur surpris
Ne peut que comparer l'auteur au mercenaire
Qui n'a fait que gagner un indigne salaire?

Devait-il, d'un seul trait, faire deux empereurs
Dans un enfant perdu que les conspirateurs,
Trouvent même exécrable? Il leur fallait un livre,
Un libelle surgit qui sut faire revivre
Au lieu d'anéantir! Ils voulaient du poison
Et dans un composé, sans rime ni raison,
Ils trouvèrent, hélas! la preuve irrécusable
D'un esprit qui s'en va! Maladie incurable,
Les dernières lueurs d'un phare qui s'éteint,
La bave d'un mordu que la fureur étreint!

La veille de lancer ce *poétique* ouvrage,
Son auteur disparut, c'était d'un grand courage !
Emportant, avec lui, sa force et son crédit.
Il était si petit ! si petit ! si petit !
Qu'en le reconnaissant, son vrai dieu, le dieu Faune,
Qui porte ou fait porter, le toisant à son aune,
L'eût pris pour un des siens. Mais il ne fuyait pas,
Et vers ses sectateurs il allait à grands pas,
Pour jeter, au moyen de quelque manifeste,
Son cri de désespoir, ce produit indigeste
De ses enfantemens, ces monstruosités
Qui sortent de l'enfer par des verbosités !

Il allait, consulté par ses amis de France,
D'un superbe va-tout préparer l'assistance ;
Enflammer le courage et forcer les amis
A marcher sans quartier contre leurs ennemis ;
Pour les anéantir comme des mercenaires
D'un pouvoir corrupteur, et les auxiliaires
De ces rois détestés, qui vivent des sueurs
Des peuples, affamés par les déprédateurs !,

## III.

SES RÉFLEXIONS. — SES TOURMENS. — SES REGRETS. —
IL N'EST PAS MENEUR. — OU S'INSPIRE-T-IL ? — LE
DÉGOUT QU'ON ÉPROUVE EN LE LISANT.


— Ah ! combien je voudrais, quand la nuit est venue,
Seul à seul, avec toi, de ton ame abattue,
De ton œil obscurci, de ton front consterné,
Incliné vers la terre et comme prosterné,
Surprendre les secrets, deviner la pensée !

— Ce corps sans mouvement, cette tête baissée,
Ces cheveux clairsemés, ce regard altéré,
N'expriment-ils donc pas de ton cœur ulcéré
Les soucis, les tourmens, la pauvre incohérence ?
Ne sont-ce pas déjà du remords qui commence
Les signes précurseurs ? Tu fus ambitieux,
Et de poëte-roi, tu t'es fait factieux.
Non pas le grand levier, ni même le lévite
Qui veut être écouté, mais le simple acolyte
Dont on use le nom, un phraseur mécréant

Que tout conspirateur assimile au néant,

Des frères et amis (1) c'est la seule croyance
Et ce que tu tentas, pour doubler ta puissance,
Bien loin de te mener à la postérité,
Au front t'aura marqué du sceau d'iniquité !

Ne te l'es-tu pas dit, lorsqu'écrivain immonde,
Tu puisais dans ton fiel cette bave féconde,
Indignes résultats d'une aberration
Qui t'a fait montagnard sans la conviction ?
Ne te l'es-tu pas dit, lorsque par félonie
Tu devins, en un jour, suppôt de calomnie,
Le misérable auteur de ces faits révoltans
Qui portent avec eux les cachets éclatans
Des funestes écarts d'une âme corrompue,
Qui, ne respectant rien, va pêcher dans la rue
Les divagations d'un commis voyageur,
Les propos orduriers d'un sale vidangeur;

(1) A la manière des citoyens dont nous avons tenu à
conserver l'union intime.

Pour s'en faire, plus tard, des armes formidables ?

Tu crus à des succès, et de toutes ces fables,
De tous ces résidus trouvés dans un égout,
Il n'en est ressorti qu'un suprême dégoût
Pour l'auteur entraîné, par celui qui peut lire
De tels égaremens, sans rougir, ou sans rire !

On rit peu de la peste, et peu du choléra :
On la craint, on le fuit ; mais quand il opéra
De tant d'absurdités le hideux assemblage,
Il n'est pas de milieu, de rigueurs, de langage
Qu'on ne puisse employer pour flétrir l'insolent,
Qui, tremblant dans sa peau, ne se fait violent
Que parce qu'il comprend qu'un effet de théâtre
Peut seul le rappeler à la foule *idolâtre !*

IL FAIT UN RETOUR SUR LUI-MÊME. — SA CONFESSION. —
CE QU'IL VOULAIT ÊTRE. — CE QU'IL EUT FAIT. — EN-
CORE SA GENTILHOMMERIE !

— Serait-il vrai ? Qui, moi, le poëte immortel,
Je serais regardé comme un simple mortel !
J'aurais sacrifié mon rang et ma fortune,
L'espoir de ma maison !... Je vis dans l'infortune,
Et, pour eux, préférant aux douceurs du mandat
Les rigueurs de l'exil, je ne suis qu'un soldat !

— Comptez sur l'avenir, cachez vos armoiries,
Contre les gens de bien déchaînez les furies,
De ces filles d'enfer excitez le courroux ;
Portez haut votre tête ou soyez à genoux ;
De tous les noirs complots devenez le fétiche,
Et, perdu dans le nombre, en recevant pour fiche
De consolation, le droit de m'incliner,
Je n'aurai pas conquis le droit de dominer
Le dernier des crétins !... Je fus bon royaliste,

Je l'avoue, et, parfois, un peu bonapartiste.
Je me fis courtisan pour être nommé pair ;
Pour rester conséquent, je me donnai de l'air
Le jour où deux enfans, dirigés par leur mère,
Vinrent toucher au bord de cette coupe amère
Qu'on nomme le pouvoir. Devenu pharisien,
Un instant je me fis vicomte plébéien
Pour composer un tout de citoyen vicomte,
Prêt à redevenir, un jour ou l'autre, un comte
Citoyen. A moins que le pouvoir, incertain
Sur le choix d'un sauveur, me sachant puritain,
Ne s'en vint confler à mon intelligence
Le soin de rattacher par des traits d'éloquence,
Aux partisans qu'il perd, le parti dissident.

Que je sois seulement son vice-président,
Et le prince verra ce que peut la finesse
Unie au vrai talent ; ce que peut la faiblesse,
Si la main qui conduit, sans force et sans éclat,
Aux caprices du sort laisse gravir l'État.

Richelieu ! Mazarin ! ces deux puissantes têtes,

Du pouvoir absolu furent les interprètes.

La France se souvient de ses ébranlemens,

Ils frappaient haut et ferme, et les événemens

Marquaient leur volonté. Pour eux était la gloire,

Et des faits accomplis le temple de mémoire,

Consacrant leurs succès, se tait sur leurs revers.


Que j'arrive, à mon tour, et bientôt l'univers,

*D'Hugo, des Allemands*, comprenant l'importance,

Sera fier de trouver la suprême puissance

Aux mains d'un chevalier datant de quinze cents,

Leur rival en grandeur et leur maître en talens !

## V.

SES ARMOIRIES, — IL SE RÉVOLTE, — LES CONVAINCUS,
— LES PARLEURS, — SES DISCOURS, — IL ENVOIE SES
FILS EN PRISON, — BRUTUS. — SYLLA.


— De mes nobles aïeux les armes sont hautaines ;
Nous avons, pour écu, deux merlettes lorraines
En champ d'azur, chargé par une liaison
Dont je ne sais quel duc dota notre maison.
Avec une de plus, traités comme lui-même,
Nous touchions de très-près au brillant diadème
Dont les princes lorrains ornaient leurs nobles fronts !

Et je supporterais de ces rois les affronts,
Quand je pourrais traiter de puissance à puissance !

Si vous me contestez les droits de la naissance,
Ne pourrais-je donc pas invoquer d'autres droits ?
Si vous vous dites forts, sommes-nous maladroits ?
Vous avez avec vous et le peuple et l'armée ?
Nous avons la raison et notre renommée,

Qui, — venant tôt ou tard reprendre son essor, —
De chacun d'entre nous saura fixer le sort.

Que l'on traite ceci de fable ou de mensonge ;
Que pour les triomphans leur erreur se prolonge,
Et l'avenir dira, quand vous serez vaincus,
Que vos vainqueurs étaient des hommes convaincus.—

Convaincu, c'est le mot de celui qui conspire,
Le mot sacramentel, de tous les mots le pire ;
C'est le mot culminant de l'allocution
Qui conduit de l'émeute à l'insurrection.
C'est la clef du discours et de la parenthèse,
Qui vous fait divaguer et parler à votre aise
Du plus simple des faits en style d'inspiré ;
Qui, dans tout et pour tout, voulant être admiré,
Des plus grands fanfarons se fait le satellite,
Pour parler longuement de son rare mérite.

— Voulez-vous en juger ? Voici de ses discours
Un extrait concluant, dont l'utile secours
Va servir à prouver combien sa modestie
Le rend apte à fonder une autre dynastie !...

— Frères ! vous le savez, je ne suis point hableur ;

Vous vous battiez toujours, et j'écrivais sans peur ;

J'écrivais pour fixer les droits de ma patrie,

Et, fuyant tout danger, ma cachette chérie

Me permettait de voir de cet autre Hélicon

Les braves qui tombaient, et, comme le faucon

A la perçante vue, au leurre qui l'attire,

J'opposais mon aplomb et le grand art d'écrire ;

Sauvant, du même coup, les fils de ma maison,

Que l'on menait, pour moi, coucher droit en prison.

— Père dénaturé ! C'était un holocauste,

Disaient d'autres phraseurs, et, fidèle à mon poste,

Plus roué que Brutus, je sus prouver, par la

Prudence du serpent, que j'étais un Sylla !

## VI.

SON AMBITION. — SON MOI. — IL SE COMPARE A SYLLA. —
RESSEMBLANCE. — LES ACTES DE CHACUN.

—Que j'étais, que je suis; oh! non, que je dois être!
Et la postérité, bientôt, dira peut-être
Qu'illustre descendant du grand Cornélius,
Et Burgrave pédant, comme Confucius
Je voulus enchaîner dans mes clubs, mes conclaves,
A mon char triomphant, ainsi que des esclaves,
Et la France, et le monde, et mes concitoyens,
Qui, pour les diviser, m'offrirent les moyens.
Frappant tout au hasard, ennemis et disciples,
Les grands et les petits, des états les multiples,
Ne comptant pour rien que ma personnalité,
Mes vertus, ma raison, mon *moi*, ma volonté!

—J'ai parlé de Sylla! Savez-vous, mes sectaires,
Qu'il sut dès le début bien mener ses affaires!
Qu'il existe entre nous beaucoup d'affinité,

Et que, supérieur par ma divinité,
Je dois en convenir, dans ses métamorphoses,
Il eut certains entrains, il fit certaines choses,
Qui nous font en cela quelque peu ressembler !

—Il se servit du peuple, et je veux le combler !

—A deux rois détrônés il rendit la puissance ;
—De deux rois que j'aimais, j'avais écrit d'avance
La chute et l'abandon !—Comme moi glorieux,
Il a fait, comme moi, plus que des envieux !

—Préteur et propréteur, il eut la dictature,
Et, devenu consul, il voulut, tout l'assure,
Dépenser sans contrôle et gouverner sans peur.
—Nous serons ce qu'il fut ; et si quelque torpeur,
Si quelque trahison se montre dans les actes,
Vous verrez, cette fois, si nos masses compactes
Sauront sacrifier ceux qui, tremblans un jour,
Viendraient le lendemain commander à leur tour !

—Des coutumes, des lois il changea les principes.

—De notre droit français étant les Aristipes,
Nous saurons consacrer, par l'abus des faisceaux,
Le droit de partager la terre et les châteaux !


—De la proscription il fit dresser les tables;
Les nôtres sont à jour et plus impitoyables
Que les lois de Moïse ou celles des Romains.
Pour les mieux appliquer, nous prendrons des deux mains!


—Il fit, quand il voulut, et la paix et la guerre.
—Nous voulons l'imiter, et, maîtres du tonnerre,
Nous saurons foudroyer, quel que soit son État,
Tout prince souverain, monarque ou potentat !

# VII.

—Soldat de Marius, il vainquit Mithridate,
L'ennemi des Romains.—Le parti démocrate
Ne sut-il pas pousser les Bourbons aux abois
Pour renverser plus tard le seul roi *de son choix*,
Que, sur un grand balcon et dans ses accolades,
Lafayette nomma le roi des barricades.
Fin matois s'il en fut (1), qui de tous nos meneurs
Se fit des courtisans et de lâches flatteurs !

—Cornélius porta la guerre en Italie ;
De Rome il s'empara. — De la ville de Pic-
Neuf, nos dominateurs, en faisant ce qu'il fit,
Différèrent un peu. Nous y vînmes sans bruit !

—Vainqueur à Sacriport aussi bien qu'à Préneste,

(1) C'est lui qui parle.

Il livra sans répit la bataille funeste

Qui décida du sort de ces pauvres Romains.

—En venant les trouver, nous fûmes plus humains.


—De treize généraux il fit trancher la vie.

—A Paris, c'était mieux ; c'était digne d'envie

De voir ainsi frapper les gloires du pays

Par des républicains traitant en ennemis

Tous ces habits brodés, véritables machines,

Qu'on lançait contre nous pour tuer nos doctrines! —


Oh ! le pays perdit, dans ces sanglants débats,

Plus de chefs qu'on n'en vit dans plus de cent combats

Tomber en portant haut la gloire de la France,

Le drapeau rayonnant, témoin de leur vaillance!


Dans Rome, aux alentours, cinq mille citoyens

Furent assassinés. Sylla voulait leurs biens

Pour les distribuer à ces belles natures

Qui, tant que vous donnez, se font vos créatures.

—Nos ateliers publics ne l'ont-il pas prouvé?

Nous ne l'oublions pas : c'est un point réservé!

—Il fit des prisonniers, qu'il égorgea sur l'heure.

—Nous n'en faisons jamais; nous savons le : Qu'il meure!

Tout réac, quel qu'il soit, doit être exterminé !

Baignons-nous dans son sang ! Le peuple dominé

S'inclina trop longtemps sous les fourches caudines

Des pouvoirs relevant des majestés divines!

## VIII.

SUITE.—SYLLA EUT SON HISTORIEN.—IL A LE SIEN. —
CE QU'IL FERAIT S'IL COMMANDAIT. — LE DROIT DU
PLUS FORT.—LE DROIT DIVIN.—LE DROIT DE FAMILLE.
—L'USURPATION.

—Plutarque de Sylla se fit l'historien ;
—Alexandre... le grand n'est-il donc pas le mien ?
Ce qu'il a confirmé, quelque jour, je l'espère,
Auguste l'écrira pour son ami Tibère !

—Sylla se fit *Félix*.—En me nommant *Victor*,
De tous les opprimés j'augmenterai l'essor.
Et si, triomphateur, il eut la perfidie
D'anéantir les droits de la démocratie,
—Au faîte des grandeurs, dans ma sublimité,
Peut-être comme lui l'eût-elle mérité ;
A celui qui viendrait pour me demander compte
D'un peu de sang versé, redevenu vicomte,
Je voudrais, le frappant impitoyablement,
Aux autres enseigner de tout gouvernement

Qui tient à rester fort les droits et la puissance,
Dont le premier de tous est dans l'obéissance !

—Sachez donc inspirer le respect de ces lois,
Et celui dont on doit entourer à la fois
Et le chef de l'État et tout fonctionnaire
Chargé de maintenir le pouvoir tutélaire,
Sans lequel le pays se traîne à tout propos
Dans un gouffre sans fond, dans un affreux chaos. —

—Si je suis président de ces jardins d'Armide,
On pourra me traiter de tyran, de perfide ;
Par mes enchantemens si j'obtiens le pouvoir,
Pour me le conserver je ferai mon devoir.
Tant qu'il ne sera pas dans nos mains triomphantes,
Il faut le disputer à tous les sycophantes,
Qui prétendent régner par je ne sais quel droit,
Qu'ils nomment droit divin, qu'un autre plus adroit
Est venu transformer en pacte de famille
Que nous appelons, nous, un droit de pacotille !

—Il est un autre droit que l'usurpation
S'efforce d'établir en droit de nation :

C'est le droit du plus fort ! Pour moi, je le conteste,
Le reconnaître un jour, ce serait, je l'atteste,
Abjurant du passé les brillans résultats,
De nos concitoyens repousser les mandats,
Mentir à nos instincts, mentir à notre gloire
Et de nos devanciers effacer la mémoire
De ce qu'ils ont légué d'exemples, de vertus,
De ce qu'ils ont détruit de révoltans abus !

# LIVRE VINGT-CINQUIÈME.

—

## LA RÉVOLUTION DE 1789.

———

LES RÉVOLUTIONNAIRES ANCIENS ET NOUVEAUX. — LES
MÊMES PENSÉES. — LA GUILLOTINE. — LA CONVENTION.
— LES NOYADES. — LA RELIGION. — LE MASSACRE DES
PRÊTRES. — LE CULTE DES FAUX DIEUX.

— Marat, Saint-Just, Couthon et les deux Robespierre,
Billot, Lebas, Collot, Fouquier au cœur de pierre,
Citoyens abhorrés et justement maudits,
Soyez fiers de vos noms; il est d'autres bandits
Qui, rèvant les exploits de vos hommes de bronze,
Voulaient nous ramener après quatre-vingt-onze,
Déshonorer le siècle et, comme fondement
Du bien qu'ils méditaient, nous doter largement.

— Quel superbe avenir! quelle source féconde

En puissans résultats, si par malheur le monde

Avait subi le joug de ces hommes nouveaux

Qui pensaient, infamie ! aux sanglans tombereaux,

Aux jugemens succincts, à cette panacée

Qui devait nous livrer, la France renversée,

A la guerre étrangère, à l'horreur des partis,

Au vol, à l'incendie, au meurtre et, c'était pis,

Aux suaves douceurs du tranchant qui butine,

A l'horrible instrument, à cette guillotine

Fonctionnant en plein air, dans toutes ses splendeurs,

Pour frapper l'innocent !... et trop tard les faucheurs !

— C'est ce qu'ils auraient fait, ils le feraient encore

Si par malheur le ciel tuait, à son aurore,

De ce gouvernement (1) que le peuple a fondé,

Le bien qu'il en attend et l'espoir fécondé !

De la Convention reprenant en sous-œuvre

Les hideux précédens, s'ils périrent à l'œuvre,

Il suffit d'ajouter à ce tableau vivant

« Qu'ils se retournaient trop pour marcher en avant ! »

Il est vrai que, parlant pavés et barricades,

(1) De Louis Napoléon.

Ils n'avaient pas fondé les sublimes noyades,
De tous les argumens le plus expéditif,
Le moins embarrassant et le plus positif !
—Ils appelaient cela fonder la république,
L'art de bonifier, à coup de mécanique,
Ceux qui ne trouvaient pas, pensant à l'avenir,
Que pour consolider il fallait démolir.

Alors comme aujourd'hui, leur penser est le même :
Ils pliaient sous le poids du meurtre et du blasphème
Sans vouloir le paraître, et c'est pour les honnir
Que je prends du passé l'infâme souvenir.

—Un jour, jour de douleur, de tristesse et de larmes,
Nos grands démolisseurs, faisant prendre les armes
A tout ce qui parlait de droits, de liberté,
Tentèrent d'arriver à l'immortalité.
Ils avaient des grands mots inventé la puissance ;
Ils avaient au pays fait faire un pas immense :
Ils avaient attaqué le trône et les abus ;
Ils avaient triomphé ! Mais voulant faire plus,
Entraînés, éblouis, dans leurs projets sinistres,

De la religion s'en prenant aux ministres,
Ils osèrent suspendre et le culte et la foi
Et le Dieu qui, lui seul, peut dire : Tout est moi !

—Que de sang répandu dans ces luttes fatales !
Des prêtres, des martyrs, égorgés sur les dalles,
Mourans, inanimés... Pour fasciner les yeux
Ils avaient décrété le culte des faux dieux,
Celui de la raison et de l'Être suprême !

N'avaient-ils pas aussi proscrit jusqu'au baptême ?

# LIVRE VINGT-SIXIÈME.

—

## L'ONCLE ET LE NEVEU.

———

NAPOLÉON PREMIER SAUVEUR. — UNION ET OUBLI. — LE
CONCORDAT. — LE SACRE. — LOUIS-NAPOLÉON RÉGÉ-
NÉRATEUR. — IL SAUVE LA CIVILISATION. — IL PRÊCHE
LA CONCORDE. — LE MAINTIEN DES TRAITÉS. — LES
DEVOIRS DU SOLDAT. — LE SIÉGE DE ROME. — L'IN-
SURRECTION VAINCUE. — LE PRÉSENT ET L'AVENIR. —
DIEU LE VEUT. — LES VRAIS FILS DE L'ÉGLISE. — LE
PAPE SAUVÉ. — LA RÉCOMPENSE. — LE SACRE DE NA-
POLÉON III. — L'ARRIVÉE DU SAINT-PÈRE EN FRANCE.

De ces hideux méfaits le monde entier s'émut.
Pour calmer ces douleurs, un génie apparut ;
Il était triomphant, et le grand Bonaparte,
Le premier des consuls, ce digne fils de Sparte,
Fixant l'ère chrétienne au culte rétabli,
Fit entendre ces mots : L'union et l'oubli !

Ils avaient fait brûler le pape en effigie :

Aux prêtres déportés il rendit la patrie !

A ces profanateurs des tombeaux de nos rois,

Il vint, en conquérant, par de nouvelles lois,

Leur faisant pressentir sa volonté suprême

Affranchir le pays d'un sanglant anathème,

Et, se montrant de Dieu l'héroïque soldat,

Sanctifier son nom par le grand CONCORDAT,

Qui rendit aux Français leur culte et leur croyance,

Au plus saint des mortels des trésors d'indulgence !


Pour la religion, ce fut d'un grand secours ;

Pour le monde chrétien, ce fut d'un tel concours,

Que jamais potentat, dans les phases brillantes

De son gouvernement, n'en eut de plus saillantes.


Relever à la fois et le trône et l'autel ;

Que fallait-il de plus pour se rendre immortel ?


— Il fallait ce qu'il fut, et la main qui consacre,

La main du Tout-Puissant, par son premier diacre,

Sur lui vint se poser avec affection,
Comme un signe de paix et de rédemption.


Dans ces temps reculés, si féconds en miracles,
Eût-on dit que, plus tard, au pied des tabernacles,
Par de plus grands méfaits se trouvant désolé,
Ce bon peuple romain se verrait consolé
Par un prince pieux, le neveu du grand homme,
Disant à nos soldats, que partout on renomme :
— Sauvez notre Saint-Père, et rendez au pasteur
Et les clefs de l'apôtre et l'anneau du pêcheur ! —


Nos ennemis communs, dominés par l'envie,
S'étaient dit, en partant : — Des palmes de l'impie,
Allons cueillir les fruits ! A bas la papauté !
Bouleversons le monde, et la communauté,
Montrant à découvert ce que nous voulons être,
Des hommes du progrès nous fera mieux connaître
Que tous ces bulletins, sans sexe et sans pouvoir,
Que Méduse inspirait aux nymphes du boudoir ! —


Ils voulaient s'imposer aux peuples de la terre,

Et, pour mieux les dompter, Jupiters du tonnerre,
Foudroyer les tyrans ! — Superbe agitateur,
N'avais-tu pas compté sans ton dominateur ?
Tandis que vous prêchiez la haine et la discorde,
Il dictait à ses preux l'amour de la concorde,
le maintien des traités, la grandeur du mandat,
Le respect de la loi, les devoirs du soldat ;
Montrant à découvert, inscrits sur sa bannière,
Les nobles sentimens dont son âme était fière !


— Vous marchiez pour détruire ; il voulait conserver !
Vous menaciez les rois, il alla vous braver !
Vous vous disiez bien forts ; une seule campagne
Suffit pour vous chasser, et votre Charlemagne,
Qui voulait aux consuls ramener les Romains,
Prouva que ces géans n'étaient plus que des nains !


— Chez l'envoyé de Dieu, successeur de saint Pierre,
Il ne restera plus une pierre sur pierre
Si nous sommes vaincus ! — Un jour, avait-il dit,
Et le pape est à Rome, et le tribun proscrit !

Des présages d'en haut, décrets impénétrables,

Des bontés du Seigneur faveurs incomparables,

Alors que les États étaient sur un volcan,

Par quelle main puissante et par quel talisman

Un seul homme a suffi pour dominer ces bandes,

Et de leurs adhérens l'effet des propagandes !

Comme un autre Moïse, enfant prédestiné,

Il a tout aplani et tout contreminé.


Dans leur plus grand essor, arrêtant ces orfraies,

Du mal qu'elles ont fait il guérira les plaies,

C'est la manne céleste, et l'eau dans le désert,

C'est du mont Sinaï, de Dieu le doux concert !

Dictant ses volontés, inspirant au prophète

Les moyens d'obtenir une double conquête,

En faisant étouffer ces autres Laocoons

Par leurs propres serpens ; prouvant aux Pharaons,

Cachés par des remparts, préservés par sa crypte,

Qu'il n'était pas besoin des douleurs de l'Égypte

Pour les faire sortir de leurs antres fangeux,

Les montrer ce qu'ils sont, perfides et hideux !


En moins de soixante ans, dans la même famille,

Trouver même concours, un mérite qui brille

Comme, dans un beau jour, le soleil rayonnant

Étend sur l'univers son disque bienfaisant,

N'est-ce pas indiquer aux puissants de la terre

Que le dieu de la paix, que le dieu de la guerre,

Pour venger le passé d'un cruel souvenir,

Du plus illustre nom veut doter l'avenir !


Honneur ! cent fois honneur ! aux rois dont l'assistance (1) ;

Aidés de leurs soldats, d'accord avec la France,

Au prince catholique, au prince gallican,

Rendirent la tiare avec le Vatican.

Ils furent en cela les vrais fils de l'Église,

Les enfans du Seigneur, et la terre promise,

Pour prix de cet élan, un jour les unira

Dans un même rayon, et Dieu les bénira ;

Comme il veut aujourd'hui que la main paternelle

Du primat des chrétiens, puissante et solennelle,

S'en vienne, proclamant un seul et même vœu,

En mémoire de l'oncle, oindre aussi le neveu.


(1) L'empereur d'Autriche, — le roi de Naples, — la reine d'Espagne.

Oui! venez parmi nous, venez, ô très-saint-père!

Venez nous rallier! Votre présence austère,

Le bonheur d'implorer un pardon à genoux

Feront plus pour l'Église et feront plus pour nous

Que toutes les faveurs dont les plaisirs du monde

Semblent nous abreuver;  et la foi, qui féconde,

Nous trouvant prosternés, près de vous réunis,

Nous verra relever beaucoup moins désunis !

# LIVRE VINGT-SEPTIÈME.

—

## HALTE-LA !

———

ET TOUJOURS LUI. — IL VEUT LA MEILLEURE PLACE. — IL A PERDU LA RAISON. — SON PAMPHLET. — LES ARLEQUINS POLITIQUES. — GARE ! — LES FLATTEURS DU PEUPLE. — L'ASSASSINAT UN PRINCIPE D'ÉTAT. — LES ASSASSINS POLITIQUES DU CHATEAU-D'EAU. — LES MARTYRS SONT LES FACTIEUX. — LA LOI EST ASSASSINE. — CEUX QUI L'APPLIQUENT DES BRIGANDS !

Mais laissons achever l'œuvre de perfidie,
Ce travail inspiré par une maladie
Que nos meilleurs docteurs appellent déraison,
Désirs immodérés, folle péroraison
D'un rêveur insensé qui ne voit l'Empyrée
Que pour s'y préparer une place dorée

Inaccessible à tous. Blasonné de son vair,
Ornement obligé de ceux qui vivent d'air,
Le portait-il, alors que, fuyant la Belgique,
Il livrait aux Anglais sa valeur anarchique,
Inscrite à chaque mot du *vertueux* pamphlet
Qu'il venait de lancer. La trace du soufflet
Qu'il reçut, en bridant le baudet par la queue,
Ne s'effacera pas : elle restera bleue.
L'âne de Buridan, avec ses picotins,
Mourut cruellement. S'il est des arlequins
Par trop facétieux, rentrant dans leur coquille
Avec le sérieux d'un âne qu'on étrille,
De loin comme de près, on saura les bâter,
Les réduire au silence, et même les dompter.

On tue un assassin, quand la nuit est venue,
Qui, caché dans un coin vous frappe dans la rue,
Et l'on ne dirait rien à l'auteur effronté
Qui, fuyant le danger, vous blesse à volonté.

C'est abuser du droit de la taquinerie,
Et vouloir épargner cette *paillas·erie*

Serait plus qu'une faute ! — Un grand homme l'a dit :
La perte des États est dans le discrédit ;
On commence d'abord par flatter l'indigence,
Et, petit à petit, on mine la puissance
« De ces rois détestés, qui vivent des sueurs
» Des peuples affamés ! » Et tous ces aboyeurs,
Ces esprits si parfaits, ces sauveurs en délire
Présagent l'avenir dès qu'ils savent prescrire
Les plus lâches conseils, d'infâmes trahisons,
Des toxiques l'emploi sans les contre-poisons ;
Les monstrueux débits des mille calomnies
Qui, des rébellions, mènent aux félonies
Et viennent ériger en principe d'État
Le bon emploi du feu, de tout assassinat,
Qui vous fait du brûleur un héros qu'on diffame,
Et, du pauvre rôti, l'homme le plus infâme !


On n'a pas oublié que, dans le Château-d'Eau,
Ce centre de Paris, d'un supplice nouveau,
Ayant pour aliment des fagots magnanimes,
Des gendarmes, traqués, devinrent les victimes

D'un amas de bandits, de monstres odieux.
Quels étaient les martyrs, et quels les factieux ?
De ceux qu'on étouffait dans la masse infernale,
De ceux qui ravivaient la fournaise fatale ?

Eh! ne le sait-on pas? lorsqu'on eut le dessein
De sauver son pays, l'on n'est pas assassin
Pour avoir massacré, dans l'ombre, sa victime ;
C'est la loi, le bourreau, qui commettent le crime
En osant attenter aux jours d'un *citoyen*
Qui, de se faire grand, a trouvé le moyen ! ! !

Mais, avançons encor: écoutez leur programme ;
Leurs cris de désespoir sentent l'hippopotame !

# LIVRE VINGT-HUITIÈME.

—

## LES MANIFESTES.

### I.

ILS ONT TOUJOURS ÉTÉ JOUÉS, — MONSIEUR LOUIS BONA-
PARTE. — LES ÉLECTIONS DE 1852. — LES SUFFRAGES
QU'IL VEUT. — IL LES AURA. — IL A LA FRANCE POUR
COMPLICE.

Depuis quatre-vingt-neuf, inhabiles valets
Des volontés du sort, nous sommes les jouets
Des grands évènemens, nous ébranlons les trônes,
Nous déportons les rois, nous brisons leurs couronnes,
Et nous n'avons pas su, par d'utiles conflits,
Empêcher le retour des prétendans proscrits !
Sommes-nous étendus sur le lit de Procuste ?
Nos pieds sont-ils coupés ? Si notre cause est juste,
Il lui faut des soutiens et non des courtisans !

Du salut général soyons les artisans,

Et ne permettons pas que nos masses trompées

Augmentent contre nous les forces usurpées

Par un certain *monsieur*, cet autre Marsyas,

Qui, prêt à balayer l'étable d'Augias,

Se permet, sans façon, de disposer des votes

D'un pays qui, pour mieux ressembler aux Ilotes,

Voudrai ans plus tarder lui faire un sort nouveau!


Devons nous le souffrir? Couronné d'un bandeau,

— Ce burlesque attribut de l'ère impériale, —

Il va nous opprimer, négation morale.

Un tel gouvernement, obstacle à tout progrès,

Ne peut se soutenir sans d'éternels regrets.


—Est-ce une élection, peuple, que tu vas faire (1)?

C'est plutôt un travail qui de préfet à maire,

Mensonge audacieux, va sortir des scrutins.


(1) Imité du manifeste signé Victor Hugo et de ses illustres amis Fomberteaux et Philippe Faivre, proscrits, démocrates, socialistes de France, réunis en assemblée générale à Jersey.

A ce gouvernement, issu des grands chemins,
Il faut un chiffre rond... Il l'aura sans scrupule ;
Il saura sur les *non* te dorer la pilule ;
Son total est tout prêt : il veut huit millions ;
Il se les donnera sur l'air des lampions.
Les nôtres, plus nombreux, ne seront que des mille.
Tu te disais très-fort ; tu n'es qu'un imbécile !
Les *oui* sont dans ses mains. Le mensonge et le faux
Des contre-vérités sont les frères jumeaux !

—Ne nous arrêtons point à de telles malices.
Dans tous les électeurs il aura des complices.
Dans les villes, les bourgs, aux votes ponctués,
Aux scrutins garantis seront substitués
Des suffrages forcés ! Ses deux mains sont adroites.
Quelle dérision ! Il a les clefs des boîtes !
D'argent et de faveurs les bureaux (1) sont repus !
A cet usurpateur nos frères sont vendus !
En faveur de ses droits tout le monde conspire ! —

Et que n'ajoutaient-ils : On veut ce qu'il désire !

(1) De l'élection.

## II.

LE SUFFRAGE UNIVERSEL. — IL LES LAISSE DÉCIMER. —
MENACES. — SON EXÉCUTION. — ESPÉRANCES. — LA
SOCIALE. — SUITE DES MANIFESTES. — LEURS HORRIBLES
CONSEILS. — LE JOUR DE LA VENGEANCE.

—Suffrage universel, quels furent tes parrains?
De nos cris étouffés entends-tu les refrains?
Tu fus le Dieu puissant de *notre* multitude ;
Tu ne vis que par nous, et ton ingratitude,
Comme si tu venais des confins du Congo,
Nous laisse décimer! Le supplice d'Hugo-
Lin, trompant des partis l'espérance si belle,
A dû frapper tes yeux... Dans une citadelle
Avec ses fils, occis, quand nous sommes les tiens,
Ne crains-tu pas son sort? Nous étions les soutiens ;
Tu nous fis bien marcher souvent d'un pas rapide ;
Tu nous menas au but!... Prends garde au parricide !
Nous ne sommes pas morts, et si, victorieux,

Nous revenons un jour, les jeunes et les vieux,

De tes opinions te demandant les comptes,

Pourraient, en te tuant, se venger des mécomptes

Dont tu les accablas. Quand les agitateurs

Comptaient sur les tours des prestidigitateurs,

Aveugle pour les uns, infâme pour tes maîtres,

Tu voudrais nous parler peut-être aussi d'ancêtres?

Misérable jouet de chaque événement,

Ce bâtard corrompu, par son raffinement,

Se permet de donner des résultats énormes

Qu'il viendra refuser, le traître! à nos réformes!


—Tu t'es laissé dompter, suffrage universel,

Et, te voulant plus grand que la tour de Babel,

Dans tes proportions nous t'avions fait immense!

Prends garde de tomber!... Paris n'est pas Byzance!

Nous vivons pour régner, et, quand nous le voudrons,

De ton crucifîment nous serons les larrons;

Nous rirons de tes cris. Ah! tu voulus nous mordre?

Quand notre tour viendra, c'est en te faisant tordre

Que nous égoutterons de ton corps infernal

Ce qu'il aura pompé de plat et de banal!

—Tout ne sera pas dit alors que les suffrages,
Fortement exprimés, auront donné des gages
Contraires à nos vœux ! L'espoir dans l'avenir
Réside tout entier dans notre souvenir.
Le peuple le sait bien, nous sommes ses apôtres ;
Ses plus grands intérêts, confondus dans les nôtres,
Ne peuvent triompher que par l'accord commun
Ou du maître ou du chef. L'esclave du tribun
Qui souffre sans gémir, devrait savoir attendre
Que le maître eût parlé pour pouvoir le comprendre,
Et marcher avec lui, combattant les pervers,
Conquérir les trésors cachés dans l'univers,
Répandre notre foi, notre force vitale,
Qui n'a d'espoir qu'en nous et dans la sociale,
Cette pierre de touche, agent passionné,
Qui domptera le monde, à nos lois façonné !


Le moment est venu de brider la fortune ;
Des hommes de l'exil relevons la tribune.
Notre ennemi commun, c'est Napoléon trois !


Crions aux opprimés de toute notre voix ;

« Disons à nos féaux (1) qu'il faut attendre l'heure,

» Et charger nos fusils. Que le perfide meure !

» De l'insurrection le droit est permanent !

» Soyons prêts à frapper : il est prééminent,

» Écrit au fond des cœurs, dans chaque conscience ;

» Qu'il arme nos amis ; malheur à qui balance !

» Ce pouvoir immoral qu'il a su conquérir,

» De la force étant né, par elle doit périr ! »


— A moins qu'il soit aux mains des cent mille furies

Qui vinrent l'arracher à nos deux monarchies !


« — Il faut le dire haut, il serait bien niais,

» Le peuple de Paris, le grand peuple français,

» Le peuple des trois jours, de la *sainte canaille*,

» Qui ne craint ni canons, ni charges, ni mitraille ;

» Le peuple citoyen, des rois le grand vainqueur,

» S'il allait se laisser nommer un empereur ?

» S'il allait confier à monsieur Bonaparte


(1) Style imitatif des manifestes des citoyens triumvirs-socialistes Ph. Faure, Fombertaux, Victor Hugo et compagnie, insérées au *Moniteur.*

» Le droit de gouverner?... S'il le tente, qu'il parte ;

» De cet escamoteur démasquons les ressorts;

» Il est mis hors la loi! montrons-nous les plus forts.

» Et contre un malfaiteur, bourreau des consciences,

» Ce berger du sénat, ce quêteur d'indulgences,

» Du peuple meurtrier et le grand fier-à-bras,

» Contre lui, contre tous, il faut armer nos bras !


— Ainsi parlent de loin, dans chaque manifeste,

Tous ces fils d'Osiris... jouez de votre reste.

Le pays tout entier de vos méfaits est las.

Ils se disent Titans ? Ne vous y fiez pas.

L'or ne se pesant point au poids de l'impudence,

Nous saurons les trouver au jour de la vengeance;

A ces jours menaçans, à ces jours de combat,

Dans lesquels tout Français doit se faire soldat,

A moins de renier son pays, sa patrie,

Sa croyance, sa foi, son honneur et sa vie!

# LIVRE VINGT-NEUVIÈME.

—

## LE PEUPLE.

———

QU'ILS MARCHENT DONC ! — QU'ONT-ILS FAIT POUR LES
VEUVES ET LES ORPHELINS ? — LE PEUPLE LES CONNAIT.
— ILS NE PAYENT JAMAIS COMPTANT. — QU'ILS VIEN-
NENT A L'AVANT-GARDE, — LE PEUPLE N'ASSASSINE PAS.
— PLUS DE RÉGICIDE ! — L'ASSASSIN POLITIQUE N'EST
QU'UN ASSASSIN VULGAIRE. — QU'IL SE POSE OU NON,
— CELUI QUI L'ADMIRE SE DÉSHONORE. — LA MAIN DE
DIEU.

— Il vous faut des vengeurs, osez les devancer ;
Montrez-vous, cette fois, puisqu'il faut avancer,
Pour ne plus exposer le peuple, qu'on égare,
Dont on fausse le cœur, qui n'est pas si barbare
Pour vouloir d'un seul coup, et comme prête-nom,
En servant vos projets, flétrir son vrai renom.
— Elles savent mourir, les brebis qu'on immole !

Le berger s'enrichit ! Tournant la parabole,
Du peuple décimé, dites, quel est l'enfant
Qui puisse de vos dons se montrer triomphant ?
Quelle est la femme en pleurs et par vous secourue,
Qui, dans ces tristes jours, descendant dans la rue,
Ne dut pas y venir pour demander du pain
A ceux-là dont le plomb, dirigé par la main
De l'insurgé tué pouvait trancher la vie ?

Vous rêvez des combats ? Contentez votre envie,
Où sont vos sections ? arborez le signal ,
Et celui qui survit, à votre madrigal
Répondra : — Beaux parleurs, vous ne trompez personne,
Vous excitez toujours, et le canon qui tonne,
Au lieu de vous trouver placés au premier rang,
A fait couler trop peu de ce précieux sang,
Que vous offrez souvent, que vous n'exposez guère !
C'est du sang de bavard, et la goutte en est chère,
Il faut en convenir ! Si bien que, dissertant,
Si vous délibérez, vous payez peu comptant.
De l'agitation vous êtes les apôtres,
Et sur cent d'entre nous, qui tombons pour les vôtres,

Sybarites prudens, vous restez en pourpoint
Pour vaincre sans péril, mais pour se battre, point !
Vous parlez de poignards ? Venez à l'avant-garde !
Et nous saurons alors si quelque sauvegarde
Viendra vous préserver du sort qui fait mourir.
Vous serez meurtriers, nous verrons le martyr,
Et, du moins, une fois, votre arme bien trempée
Par nul autre que vous ne sera dirigée !

Mais, non ; toujours cachés dans vos sales tripots,
Pour qu'on parle de vous vous écrivez des mots,
De ces mots boursouflés et si pleins d'insolence,
De ces mots odieux, si gros de violence,
Qu'en commandant le crime et fuyant le trépas,
Vous insultez le peuple : il n'assassine pas !

Depuis qu'ils ne sont plus dans notre belle France,
Pour l'élu du pays l'on est sans défiance,
Et les crieurs publics, les journaux du matin
N'ont plus à raconter le triste bulletin,
Le nouvel attentat d'un autre régicide,
Qui, prenant pour conseil, pour modèle et pour guide

Les odieux effets d'un misérable accord,

Va se croire immortel, parce qu'un jour le sort,

Finement préparé, l'a choisi pour sicaire,

Alors que le meneur, assassin honoraire,

Préparait le fusil, aiguisait le poignard

Qui, fort heureusement, se lançaient au hasard.


Quel que soit le manteau dont un homme se couvre,

Quand le sang a coulé, celui que l'on découvre

Les armes à la main, il faut le dire en chœur,

S'il n'est qu'un instrument, est un *bravo* sans cœur ;

Mais plus lâche est celui qui commande le crime ;

Celui qui, de sang-froid, désignant la victime

De cette atrocité, se fait un marchepied !


Que le monde, pour lui, n'ait merci ni pitié,

Et l'on ne verra plus un assassin vulgaire,

Se posant en martyr que l'on traîne au Calvaire,

Y monter triomphant et presque radieux,

A ses anciens amis adresser des adieux.


Que la foule soit là, plus ou moins haletante,

Qu'elle soit indignée ou même triomphante,

Que le *Jacques* (1) frappé dise, pour l'émouvoir,

Qu'il n'a fait que tuer un agent du pouvoir,

Il est un bon instinct de la pudeur publique

Qui confond l'égorgeur vulgaire ou politique

Dans le même creuset de honte et de mépris.


Ce noble sentiment, il est partout compris.

Que l'on soit à Berlin, à Vienne, en Angleterre,

A Paris, en Espagne ou dans toute la terre,

Quel que soit le motif qui le rend criminel,

Il est, pour l'assassin un principe éternel,

— Qu'on nomme son forfait *résistance légale* (2),

Héroïsme, devoir ou machine infernale,

Guet-apens, sauvegarde ou besoin de voleur, —

Qui veut qu'un meurtrier, pour tout homme de cœur,

Qu'il s'appelle Poulmann, Soufflard ou Lacenaire (3),

Mérino, Quénisset, Libeny, le sicaire (4)


(1) Assassin... *politique* d'un douanier.
(2) Citations heureuses de Victor Hugo.
(3) Trio d'assassins
(4) Infâmes régicides.

Soit tellement flétri, tellement abhorré,
Que son admirateur en soit déshonoré !

Pour les assassinats qui menacent les trônes,
On connaît les moteurs. Quand la vengeance ordonne,
Il est un protecteur vigilant, et... c'est Dieu !
Qui voit tout, est partout, et, tenant le milieu,
S'il ralentit le bras qui frappe les victimes,
C'est qu'il veut des États, comblant tous les abîmes,
Poursuivre, anéantir ces races de Caïn,
Les plus grands ennemis de tout le genre humain.

# LIVRE TRENTIÈME.

—

## LE STYLE, C'EST L'HOMME.

———

LE STYLE, C'EST L'HOMME. — LE BOURREAU. — LA VIC-
TIME. — VENEZ ! — SES PORTRAITS. — SES HÉROS. — LES
VOLEURS. — LE GOUVERNEMENT. — LE COMITÉ DE RÉ-
SISTANCE. — L'ARMÉE CALOMNIÉE. — LEUR RÈGNE EST
PASSÉ.

—Si vous doutez encor, relisez leurs principes,
Consultez leurs écrits ; le fort de leurs OEdipes,
Le grand exécuteur lui-même en a frémi.
Il parle de *marquer au front* son ennemi !
Il l'ose écrire en vers ; il veut le faire pendre (1) :
C'est un doux passetemps qu'il se promet d'attendre ;

(1) Nouveau trait de folie furieuse du *plus grand* des Hugo...-
lins.

Il l'a dit : « Tout est prêt, la corde et le bourreau,
La chaîne et le carcan, la place et l'escabeau ;
Le fer rougit au feu, la potence est dressée. »
Il ne leur manque rien,—du moins dans leur pensée,—
Rien... que le condamné. Venez donc le chercher,
Si vous y tenez tant ! il se laisse approcher.
Vous qui tuez si bien de loin, en effigie,
Vous pouvez, sans tarder, contenter votre envie,
Et vous saurez bientôt, en allant en avant,
Ce qu'on fera de vous, comment souffle le vent.
Le fauteuil (1) vous attend, l'escorte est préparée :
Jamais vous n'aurez fait une si belle entrée!


—Qu'en dites-vous, Français, généraux et soldats,
Maires et députés, sénateurs, magistrats,
Préfets et *capitouls*, échevins et ministres,
Evêques et clergé, vous tous, gratte registres,
*Qui croyez-vous servir ?*—C'est l'homme du destin,
*Un malfaiteur félon, cynique ; l'assassin* (2)


(1) Du président de la République.
(2) Style Victor Hugo; que Dieu le lui pardonne!

Qui sait faire le mort ; l'histrion qui décrète,
Qui parle pour mentir, qui dit, et Dieu s'arrête ;
Qui veut, et Dieu s'efface ; et le fleuve de sang
Qui devait le noyer le porte dans son flanc :
Le crime l'y soutient. S'il s'y jette à la nage,
L'idiot le franchit ; le chenapan surnage.
Ayant failli périr par son atrocité,
Le pirate est sauvé par sa férocité !
C'est un Soulouque blanc, vrai gibier de potence,
Qui se tait en parlant, brille par son silence,
Et qui, se croyant aigle, a l'allure d'un coq.

—On ne le voit que trop, tu n'as pas de *Vidocq*,
O poëte immortel, le tact ni la prudence,
Comme de *Poulailler* la bosse de *clémence*,
Ni même de *Mandrin* la magnanimité.

Possédant tes voleurs dans leur sublimité,
Que ne nous parlais-tu du citoyen Cartouche?

Tandis que tu peignais, de ton style farouche,
Le crime, la bassesse et la corruption,

Que tu rêvais pouvoirs, prévarication,

*Gouvernement bâtard*, indigne d'alliance ;

*Membre du comité*, je crois, *de résistance*,

—Alors qu'on se battait, que *les mares de sang*

Flaquaient *les boulevards, que des morts* de tout rang

*Y gisaient* pêle-mêle, étendus *sur l'asphalte*, —

Que ne nous disais-tu ce qui si fort t'exalte,

Les héroïques faits de ces nobles voleurs

Que tu tiens à parer de ces belles couleurs

Dont tu sais te servir pour peindre la souillure

Des tableaux que tu fais, chargeant outre mesure

Les teintes, les effets, et prodiguant partout

Le rouge vermillon, symbole de ton goût ?


Il fallait nous montrer cette *brutale* armée,

— Que tu nous fais parfois *séduite* et désarmée, —

Mettre la crosse en l'air en signe d'union,

Pour fonder avec vous la révolution

Qui devait au pouvoir replacer, sans entraves,

Les nobles combattans des soupiraux des caves ? —


Ces lâches assassins des meilleurs généraux,

De la sainte victime(1), érigés en héros !

—Et vous osez compter sur quelque circonstance,

Qui de votre retour sera la conséquence?

Que vous connaissez mal les hommes et les temps !

Votre règne est passé : c'était un contre-sens,

Un effet du hasard, une étrange surprise.

Un fléau, quel qu'il soit, jamais ne fertilise!

(1) L'archevêque de Pa is, Monseigneur Affre.

# LIVRE TRENTE ET UNIÈME.

—

## OSSA SUR PÉLION.

———

LES SOLDATS, SUITE. — LEURS PRÉTENDUS MÉFAITS. —
LES MORTS. — L'ORDONNATEUR DES FUSILLADES. — LES
CIMETIÈRES. — LES CADAVRES. — DEBUREAU. — LA
PARADE. — QUI VEUT TROP PROUVER NE PROUVE RIEN.


— Ces soldats *avinés* (1) qui *tuaient au hasard*,
Dans tes conceptions ont une large part.


Tu dis que *par plaisir ils tiraient à la cible?*


— *L'armée a fait tomber, lâchement insensible,*
*Des femmes qui passaient, allaitant leur enfant ;*
*Des robes de velours, le dandy confiant*


(1) Même style, même homme.

Qui, *le lorgnon sur l'œil*, mon brave Suétone,

Venait *se promener*, paré de son *gant jaune*;

Et ce pauvre *imprimeur, mort près d'un contrevent*,

*Restant debout, cloué* (1), *ses épreuves au vent*;

*L'ouvrier, fusillé* (2), *qui se sauve à la nage*

Pour retrouver sa foi, sa vigueur et sa rage,

*Que l'on porte à l'hospice* en civière, en schapska (3),

*Pour l'envoyer, guéri, rôtir à Lambessa*;

Et *le vieux* au rifflard (4), *le Cadet* (5) philanthrope,

Qui vinrent à la fois frapper ton télescope,

*On les assassina!*... Que ne tuait-on pas,

Dans ces néfastes jours? Jamais le coutelas,

Ni le plomb, ni les feux, ni la rage infernale

N'avaient poussé si loin leur colère brutale!

*Les lâches! Ils tuaient les chevaux et les chiens!*

*Il leur fallait du sang*, et, par de tels moyens,

(1) Par les balles !!!!
(2) Un miracle !!!!!
(3) Voiture à quatre places.
(4) Passé par les armes, son parapluie sous le bras.
(5) Un pharmacien quelconque.

*Comme on fait le mouchoir, ils ont fondé l'Empire.*

Ceci n'est rien encor ; poursuivons, c'est bien pire.

C'est peu de rappeler *le malheur des proscrits* ;
Les décrets du *pacha, commandant,* par rescrits,
*De tuer sans pitié les mères et les filles,*
*Les enfans, les vieillards,* les soutiens des familles ;
*La femme s'en allant porter à son mari*
*Le pain de tous les jours,* de ses sueurs pétri ;
*Les soldats à l'affût, cachés* dans chaque rue,
*Comme fait le chasseur* pour le gibier qu'il tue ;

*Fusillades partout ; la nuit au bord de l'eau,*
*Des cadavres jetés ;* pour trophée ou drapeau,
*Sur un arbre, en plein vent, la casquette* isolée,
— Comme on voit de saint Jean la tête décollée, —
Se montrer aux passans, *avec son contenu,*
*Une cervelle humaine,* ainsi laissée à nu
Pour effrayer les gens, qui ne s'effrayaient guère
De semblables moyens, et, *dans les cimetières,*
*Un mélange hideux* de ces faits accomplis,

*Des corps se redressant à peine ensevelis.*

—Ah ! mon sublime auteur, tu connais ton théâtre,
Ton boulevard du sang, la mimique folâtre
De Deburau, couché, donnant, sans batte en main,
Contrefaisant le mort, à son maître Arlequin,
Des coups multipliés, par devant, par derrière,
Suivant que main ou pied visaient sa *tabatière* (1).

*Chaque carré d'asphalte offrait un réservoir*
*Plein de caillots de sang !...* Ceux qui venaient le voir,
Près de toi se pressant, s'il t'eût pris fantaisie,
— Pour changer les ennuis de la mélancolie, —
De montrer tes talens sur l'imitation,
Se seraient réjouis de la diversion.

Que veux-tu, les oisifs ne sont pas pour la guerre !
Et quand, tous les huit jours, Vestris touchait la terre
Pour humilier moins ses rivaux par son vol,
Dans ta sublimité, tu pouvais d'Auriol

(1) Expression du cru.

Possédant le savoir, la passe et contre-passe,
Ne pas te désoler et faire la grimace
En écrivant cela : cauchemar odieux !
Car enfin, les passans, les jeunes et les vieux,
Que tu nous as faits morts se portent à merveille ;
Ils ont bon pied, bon œil et l'oreille vermeille !

Qui veut par trop prouver, souvent ne prouve rien.
Tel est mon sentiment ; c'est peut-être le tien ?
Et quoique net et dur, des plus impitoyables,
Tu ne t'amuses plus en relisant tes fables !

En voulant frapper fort, tu manquas tes effets,
Et, dormant dans ton lit, tu dois rêver sifflets !

## II.

A QUI S'ADRESSE-T-IL?—A L'ÉTRANGER.—LES ROIS DE LA VIEILLE EUROPE.—LA FÉDÉRATION DÉMOCRATIQUE DES PEUPLES.—L'IRONIE DES ROIS.—LE LION SAIT DORMIR. —ILS PEUVENT ÉCRIRE.—ON LES CONNAIT.—ON NE S'Y LAISSERA PAS PRENDRE.

—A qui destinais-tu ces lâches calomnies,
Ce fatras incompris de tristes insomnies
Qui doivent t'assaillir et troubler chaque nuit,
Mieux que tu n'atteins ceux que ta rage poursuit?
Est-ce à la France? Non, ta jactance fébrile
N'est point pour les Français parole d'Évangile.
Est-ce à tes partisans? Tu n'en auras jamais.
Les paons sont paradeurs aussi bien que les geais!
A tes nouveaux amis? Le nombre en devient rare;
Tu peux t'en assurer, les voyant au Ténare (1).

C'est donc aux étrangers que tu veux t'adresser?
A leurs gouvernemens que tu voudrais dresser,

(1) Lieu d'asile.

Pour mieux *redéplâtrer* les *races féodales*,
Ces vaisseaux radoubés, *les couronnes papales*,
Ou trônes protestans, qu'aux jours de nos malheurs
*Ajustèrent si mal* d'implacables sauveurs.

Qu'y faire? Tous *les rois de notre vieille Europe*,
Que tu dis *chancelans*, du fatal horoscope
Dont tu les menaçais ne se sont point émus.

Oh! c'est qu'ils ne sont pas, ceux-là, *des parvenus!*
*La fédération des peuples* de la terre,
*Démocratique* ou non, ne les effraîra guère.
*Si le siècle est fumier*, l'écrirais-tu cent fois,
Que nous font *l'ironie et le mépris des rois?*
Tu parles de dégoût, de honte, de bassesse?
Tu n'en crois pas un mot!... Ne te fais point tigresse,
Et *flatteur de la hyène*, en disant l'avenir,
Calme ton désespoir : le lion sait dormir!
Le monde connaît trop les hommes de la veille,
Que le peuple maudit, que chaque État surveille,
Les *déportés* errans, cachés et *partageux,*

Les *démagogues* purs, *les jacobins* fameux,

Les chefs des *montagnards* faux teint ou *terroristes*,

Les *sans-culottes* socs, démocs et *communistes*.

Pour eux tu peux prêcher en prose et même en vers ;

Ton effet est produit, et jamais l'univers

Aux divagations, dont on connaît le compte,

Ne se laissera prendre, ô citoyen vicomte !

Qui trouves qu'un État n'agit pas librement

Lorsqu'il est établi par le consentement

Des hommes de tout rang, témoin celui de France,

# LIVRE TRENTE-DEUXIÈME.

—

## PÉLION SUR OSSA.

———————

### I.

DU GOUVERNEMENT.—LES AUXILIAIRES. — A PARIS. —
DANS LES DÉPARTEMENS. — IL LES COMPARE AUX
PROSCRITS.—LE SERMENT.—IL LES VENGERA.—LES
MAGISTRATS.—ILS VEULENT JUGER SES OUVRAGES.—
SON MÉPRIS.—S'ILS L'ÉCOUTAIENT !

Mais qu'ai-je dit ? pardon, mes sens sont en démence !

Dans ce gouvernement, *issu de caporal*,
Ce que l'on croit parfait ne peut être que mal.

Qui trône *au Luxembourg*? *le crime et la bassesse* (1).
Comme *au Palais-Bourbon*, par excès de tendresse

(1) Le sénat.

Vit *l'imbécillité* (1). C'est la *corruption*
Qui pose *au quai d'Orsay* (2), puis *l'adulation*
Qui siége en magistrat *au Palais-de-Justice,*
*Jugeant, prévariquant* (3) sans user d'artifice !

Dans les départemens sont aussi les préfets,
Les maires, les adjoints et ces hommes parfaits
Qu'on nomme général, soldat ou capitaine,
Machines en plein vent, — que le devoir enchaîne. —
*Les juges en troupeaux à qui l'on dit : Marchez!*
*Toges, retroussez-vous!* les greffiers alléchés ;
*L'escouade du jury, qui jamais ne condamne*
*Quand on ne le fait pas, et qui toujours ricane,*
*Son verdict à la main, alors qu'il est bien fait,*
S'il vient de constater d'un journal le méfait ;
Les hommes du pouvoir et les hommes d'affaires,
*Ecritoires publics;* les huissiers, les notaires ;
Le haut, le bas clergé; la population,

(1) Le corps législatif.
(2) Le conseil d'état.
(3) Style pour la circonstance, du même aux mêmes.

Commerçans et bourgeois; la génuflexion
Des sots et des niais; la race tout entière
*Des constans oppresseurs* du pauvre *prolétaire,*
—Qui veillent, en commun, à la garde des lois,
Au bonheur général, pour défendre à la fois
L'État, l'ordre public et la source commune
De tous les bons instincts menant à la fortune!

Et puis, qui trouve-t-on dans les forts, les prisons,
En exil, Lambessa, Cayenne et les pontons?
L'honneur, la liberté, la loi, l'intelligence,
Le droit et la raison, la fière indépendance,
Les meilleurs citoyens, → ces despotes fameux,
Qui voient dans *le serment un pacte monstrueux*
Qu'un renégat de pair, qui ne fut point parjure,
Traite de *guet-apens* pour mieux vous faire injure.

*Qui le prête* aujourd'hui? le voleur et l'escroc,
L'être salarié, les complices en bloc,
—Ceux qui ne veulent pas, dans leur force vitale,
S'adjoindre les portiers de l'arche sociale,
Et l'unanimité de tous les gens de bien,
Qui ne les craignent pas et les comptent pour rien.

7

—Si jamais tu parviens à l'ériger en maître,
Devant ton tribunal tu les feras paraître,
Tous *ces habits brodés* de quel que soit le rang,
*Ces robes cramoisi, qui sont couleur de sang,*
Et celles au *teint noir* et si bien méprisées,
Que tu pourras un jour, lâches *prostituées,*
Frotter de ton bois vert, cet utile verdict
Qui, par ta volonté, deviendra de droit strict.
Cela remplacera *les gibets et la grue,*
*Les croix, les chevalets et les coups de massue,*
L'infâme *question,* la roue et le bûcher,
Dont tout estrapadeur use sans trébucher.


—Et vous ses ennemis, *Parlarieux* (1) *misérables,*
Qui, pour le condamner, trouveriez exécrables
*Ses livres publiés en pays étrangers,*
Vous ne voyez donc pas devant vous le danger?
Il vous menace tous. Quand le monde respecte
Ses tissus de *douceur,* vous venez, *race abjecte,*


(1) Nom d'un honorable magistrat.

*Juristes*, souteneurs d'un affreux guet-apens,
*Le menacer* encor, devenir flagellans?

Ah! vous vous *colisez* pour juger ses ouvrages?

Pensez à l'avenir, vous surtout, hommes sages,
*Se disant magistrats;* car tout *individu*
Qui viendrait à toucher à ce fruit défendu
N'a qu'à bien se tenir, soit qu'il *brasse* la chose,
Soit que, plus captieux, *il augmente* la dose
Des *condamnations!* Gardant le décorum,
Qu'il n'applique jamais les lois du maximum!
*On ne peut l'effrayer par le luxe des sommes,*
Car *rien n'égalera* son mépris pour les hommes.
Vous n'êtes, après tout, pour lui que des pieds plats,
*Des êtres bas et vils, de lâches apostats.*
Quand il faudrait un rien pour vous rendre adorables,
Les meilleurs des humains, des hommes admirables.

Que vous connaissez mal cet ange de douceur,
Cet esprit merveilleux dont la rare candeur,
Pour vous amadouer, en style de poëte,
Vous dicte vos devoirs.....

IL SE CROIT PROPHÈTE. — LE GOUVERNEMENT. — LES
JUGES. — LES FRÈRES. — LA TRIBUNE. — MIRABEAU.
— CE BON M. DE ROBESPIERRE ! — LE SALUT PUBLIC.

— Comment ! c'est un prophète
Qui lit dans le passé, le présent, l'avenir
Ce qu'il voulut sauver, ce qui doit advenir,
Et vous lui résistez ! *Vous restez sur vos siéges,*
*Pour tout contre-signer, et, par vos sacriléges,*
*Vous vous y maintenez ! Le pays supprimé*
Ne dit-il pas assez qu'il est trop dominé ?
*L'étranglement du droit et les lois violées,*
*De vos commissions* (1) *les chambres étoilées,*
*Les conseils* (2) *corrompus, ce monstre permanent,*
Qui frappe, à ciel ouvert, en nous assassinant,
Ne vous disent-ils pas que pour les républiques
*Il n'est rien de plus lourd que le ciel des tropiques ?*

(1) Mixtes.
(2) De guerre.

Et les atrocités, les alertes sans fin,
Les frères entassés à bord du *Duguesclin*?


Quand du *sénat muet* la tribune est à *terre*,
Du corps législatif, cette *voix de tonnerre*,
*Que fonda Mirabeau, que transforma Danton,*
Que *Saint-Just*, le *sévère*, et *l'excellent Lebon*
Vinrent transfigurer, vous vous taisez encore ?
Vous osez *soutenir le chacal* qu'on adore !
*Vous pouviez*, restant forts, *dompter et dominer*,
Et c'est la *haute-cour que l'on vit s'incliner*,
Pour laisser *établir un autre terrorisme*,
Et de nos libertés le cruel cataclysme ?


— Ah ! combien *l'homme immense* et si fort maltraité,
*Robespierre*, *ce dieu terrible* et souhaité,
*Et Marat, le divin*, — ce fils de Proserpine, —
*L'orateur incarné* du droit *de guillotine*,
Sont éloignés de nous! Tribuns à regretter,
Ceux-là savaient *combattre*, ils savaient arrêter,
*Discourir, interrompre et couper la parole* ;
— Couper les cous surtout, au bruit des farandoles. —

Et cela pour montrer que le salut public
Opérait sur les corps, bien mieux que l'arsenic,
Que les autres poisons, que l'arme qui fusille,
Agissant en détail, en bloc ou par famille.

# III.

LA COURTE-ÉCHELLE. — RIEN NE DOIT ÊTRE ASSEZ BEAU
POUR LES RECEVOIR. — ILS ONT SEULS LE DROIT DE
TOUT FAIRE. — LEUR CONSTITUTION. — SES RESTRIC-
TIONS MENTALES — C'ÉTAIT UN PIÉGE. — LE PRÉSI-
DENT DE LA RÉPUBLIQUE PENDANT ET APRÈS. — UN
PRÊTÉ-RENDU. — ILS REDOUTAIENT UN AUTRE DIX-HUIT
BRUMAIRE. — ILS Y POUSSAIENT MALGRÉ EUX. — LA
LOI DES QUESTEURS. — LES VOEUX DE LA PATRIE. —
LES INSURGÉS ET LES LACHES. — MALÉDICTIONS DES
MOURANS.


— Pour un tel avenir faisons-nous donc tuer !
Travaillons en commun pour le constituer !
Hâtons-nous ! le temps presse et le héros s'ennuie
De ne pouvoir fouler le sol de la patrie.
De nos chars triomphans préparons les effets !
Qu'ils soient resplendissans, magnifiques, parfaits !
Est-il rien d'assez beau pour l'homme qui restaure
Et fonde les États , qui se fait Minotaure
Pour se donner le droit de fausser ses sermens,
De fouler à ses pieds les lois, les règlemens ?

Lui qui maudit *ses rois*, ses anciennes croyances,

Pour mieux faire goûter ses nouvelles tendances ;

Qui veut tout se permettre et ne rien approuver;

Qui veut tout entreprendre et ne rien observer ;

Qui veut insinuer aux peuples de la terre

De ne trouver parfait que ce qu'il a su faire !

La Constitution, dont il parle toujours,

Bien d'autres l'appelaient leurs premières amours.

Elle avait vu le jour pour brider la puissance

De l'homme qui devait, *par eux*, régir la France,

Qui prêtait un serment, lorsqu'ils n'en prêtaient pas ;

Qu'ils pouvaient marchander, mettre dans l'embarras;

Faire vilipender, mener comme un ilote ;

Amoindrir, décrier, entamer par un vote

Que le premier venu des flnots de l'endroit

Proposait à coup sûr, pour faire marcher droit

Le pouvoir souverain, cette force bâtarde,

Soldat en faction qui, nuit et jour de garde,

N'était là que pour mieux éclairer le chemin

D'un autre président !... Et puis un lendemain,

Après avoir subi les plus touchantes scènes,

D'intelligens licteurs, dans le bois de Vincennes,
Conduiraient nuitamment le mortel généreux
Qui venait d'accomplir un rêve malheureux.

Ingénieux moyen de payer, c'est honnête !
La dette du pays....., La voiture était prête,
Les généraux chargés de l'escorte d'honneur
Se savaient désignés. Mais, ô comble d'horreur !
Celui dont on voulait enlever la personne
S'éveille plus matin, — la mesure était bonne,
Le procédé parfait, — et *l'infâme Judas*,
A ceux qui le guettaient, fait les honneurs du pas.

Tous ces faiseurs de lois (1), ces détrousseurs de chartes,
Redoutaient quelque peu le nom des Bonapartes ;
L'exemple du premier était contagieux,
Et le neveu pouvait, esprit audacieux,
Essayer d'étrangler la mère des nourrices (2),
Matrone aux gros contours, dont les bons aruspices,

(1) Certains constituans de la Législative.
(2) La République.

Les meilleurs d'entre tous, imbus de ses travers,
Signalaient les penchans et l'esprit à l'envers.

— Vous aviez vos projets; comptant sur les entraves
Que l'on ferait surgir, vous vous montriez braves,
Mais, au jour du danger, la France le sait bien,
Trop souvent les parleurs s'épouvantent de rien.
Vous vous prépariez tous contre un autre Brumaire,
Et ces préparatifs excitaient à le faire ;
De la loi des questeurs d'avance on se moquait ;
La France voulait plus, et l'armée attendait !

— On ne résiste pas aux vœux de la patrie !
Et le peu d'entre vous qui perdirent la vie
Maudissaient, en tombant, les complots odieux,
Ceux qui, devant se battre, étaient restés chez eux ;
Ceux qui, délibérant, pendant la résistance,
Se cachaient plus encor par peur que par prudence !

# LIVRE TRENTE-TROISIÈME.

—

## LES PROFILS.

———

PEU DE SOLDATS, BEAUCOUP DE GÉNÉRAUX. — LES NAR-
RATEURS DU LENDEMAIN. — CE QUI DEVAIT ÊTRE. —
CE QUI EST. — LE CHOLÉRA MORAL. — LES FASCINA-
TIONS DE L'EXIL. — VAINCRE OU MOURIR. — LE PEU-
PLE. — LES COURTISANS.

L'histoire des partis et de leurs adhérens
Est pleine de ces faits, si fort persévérans,
Qu'au moment du danger on trouve par centaines
Non des barricadeurs, mais de ces capitaines
Dont la mâle vigueur se gaspille en débats.
Plus tard, préoccupés de l'horreur des combats,
Fidèles narrateurs, on les voit, ces athlètes,
Encore tout couverts du sang de leurs... *enquêtes*,
Raconter en détail aux crédules humains

Les rages de leur cœur, leur mépris souverain
Pour *le succès vivant* qui pèse sur l'époque,
Pour le crime incarné qui, sans bruit, sans colloque,
S'en vint, — il était temps, — *féroce draconien*,
Terrifiant le but, massacrer le moyen ;
Préférant aux douceurs des verroux, des bastilles,
Le bonheur du pays, la verdeur des charmilles,
Les leçons d'un illustre et brillant souvenir,
La gloire du passé (1), l'espoir de l'avenir (2).

Le choléra moral qui pèse sur la France (3),
Que peut-il opposer aux actes de démence
Dont tu crois l'accabler ? N'est-ce pas maladroit,
Pour ceux qui *défendaient la justice et le droit*,
Ces grands fomentateurs de lutte et de discorde,
*De vou'oir souffleter tous ces brigands de l'ordre ?*

Le reptile au venin funeste et malfaisant
Ne rencontre-t-il pas le bâton imposant

(1) Napoléon I<sup>er</sup>.
(2) Napoléon III.
(3) Style du poète.

Qui, bien lancé, l'atteint, le renverse et l'écrase?
S'il avait fait le mort, gardé le sol pour base
De ses excursions, en se tenant caché,
S'il eût rampé sans bruit, qui donc l'aurait cherché?

Des malheurs de l'exil goûtant peu la contrainte,
Vous vivez fascinés par l'espoir ou la crainte,
Et vous ne cherchez pas, par la docilité,
Les moyens de rentrer dans la légalité!
Qu'osez-vous espérer? La France tout entière,
Par ses votes puissans, vous a dit la première
Ce qu'elle prescrivait. C'est la loi du plus fort;
S'y soumettre est donc sage, y résister un tort.

— Donner raison par peur aux lois du cimeterre;
*Aurions-nous donc un Dieu, de France sur la terre,*
*Si cette énormité longtemps pouvait durer!*
Cherchez ailleurs les gens qui savent abjurer:
Ceux-là sont les bâtards de la grande famille
Que nous représentons, qui jamais ne gaspille.

Que vous demande-t-il, ce grand peuple enchaîné,

Que l'on compte pour rien, qui, toujours dominé,

Ne forme qu'un désir, n'a qu'une seule envie ?

C'est de se consacrer aux *biens* de la patrie ;

Prônant au sérieux, dans son humanité,

Les principes sacrés de la fraternité,

Il n'en veut qu'aux *muets* et qu'à *ce tas* d'esclaves,

Au dos flexible et rond, aux épines concaves,

*Eunuques* du sérail, *cousus et rebordés,*

*Recloués, redorés ;* aux moutons débordés

Dont *Ravrio,* Ruolz ont *verrolé* les cornes,

*Que l'on peut déposer,*—charmant !—*le long des bornes,*

*Peuplades de pillards, de voleurs, d'assassins,*

*Corrompus, compromis, habiles ou crétins,*

Insolens de bonheur, puans de platitude,

Parasites gloutons, riches d'ingratitude !


— Rien n'y manque, voyez, il taillade en plein drap,

Il vous habille tous, et là ! de pied en cap !

# LIVRE TRENTE-QUATRIÈME.

—

## QUESTIONS BRULANTES.

———

SUITE DES PROFILS. — LA MAGISTRATURE. — LE CLERGÉ.
— LE DRAPEAU DE LA FRANCE. — L'AIGLE. — LA RELI-
GION. — LA PROVIDENCE A FAIT LE MAL. — NAPO-
LÉON III. — SON GOUVERNEMENT. — LEURS PROJETS.
— COMÉDIEN! — L'AVENIR. — LA RÉPUBLIQUE N'É-
POUVANTE PLUS. — ELLE REVIENDRA. — NON!!!

Oui, pour les déportés, ces frères adorables,
Les juges sont *abjects, plats, vils et misérables*,
Et *les prêtres cruels. L'autel, taché de sang,*
Est comme le drapeau, — non pas le drapeau blanc, —
Mais *le drapeau français*, que l'ère impériale
A nuitamment coiffé d'un oiseau, — quel scandale! —
Que jamais *goupillon*, — en style de ribaud, —
Ne saura ranimer ni faire tenir haut!

— Quand *la religion* n'est qu'une *escroquerie,*
Et la raison d'État *une supercherie,*
Et que *la Providence a* seule *fait le mal ;*
Qui, commettant le crime, à *cet homme fatal*
A donné le pouvoir de se rendre éligible ;
Du progrès accompli, quand la force invincible
Est là pour attester, — ce qui crève les yeux,
Ce que vous savez bien, ce qui vaut beaucoup mieux
Que l'espoir menaçant de notre décadence, —
La grandeur du pays, la paix et l'abondance,
Quel est *l'homme punique* ou bien *l'homme fatal,*
*De celui qui nous sauve* ou *de qui fait le mal ?*

De ce gouvernement, qui tant vous désespère,
Que *le niais corrige et l'atroce tempère,*
— Avec la nouveauté des notabilités, —
Les bienfaits obtenus peuvent être cités.
S'il a rendu l'espoir à ce peuple qu'il aime,
Il ne l'a pas réduit à *se manger lui-même ;*
*S'il a semé du plomb pour récolter de l'or,*
C'est pour mieux imprimer à tout un grand essor ;
Pour rétablir la foi, le droit et la justice,

Et sauver le pays de l'avenir factice,

Que vous lui prépariez, auquel il s'attendait,

Qui devait s'annoncer par un nouveau forfait.

Menaçant pour les rois, un grand coup de tonnerre

A formidable effet, un tremblement de terre,

Mouvemens combinés et règne précurseur

Des débats qui devaient nous rendre la terreur.

*Il vous manquait Danton* et l'émeute assassine,

Il vous fallait, enfin, avec la guillotine,

— Vous vengeant du passé, pour dompter l'avenir, —

Nous prouver qu'avec vous promettre c'est tenir,

Et que ce qui rendit votre succès bénigne

Vous exalte aujourd'hui, vous pèse et vous indigne ;

Car le parti de l'ordre, avec *iniquité,*

S'est fondu tout entier, *par sa complicité,*

Dans le gouvernement que s'est donné la France,

Dont vous conserverez fidèle souvenance.


*Il est bête, hypocrite; il a le goût du sang?*


C'est connu; tu l'as dit, et c'est dans un étang

De crimes supposés, de lâches impostures,

Que, pour mieux le flétrir de tes propres souillures,

En venant t'y mirer, tu trouvais dans tes yeux

De vos projets rentrés les reflets odieux,

Tu les éparpillais, barbotant dans la vase,

Pour tracer vertement et dire avec emphase,

*Du parjure vivant les faits abrutissans,*

Qui vous ont devancé pour vous rendre impuissans.


Tout cela, n'est-ce pas, *c'est de la comédie,*

*C'est de la mise en scène? Et la bouffonnerie*

Qu'on en vit résulter, *dans ce siècle de nains,*

Superbe *adorateur de tous les lendemains,*

*Finira,* quelque jour, *par fatiguer la France !*


*L'eunuque se débat dans sa toute-puissance !*

*Le parodiste a pris des airs de chef d'emploi !*

*Messaline à tes goûts,* conserve-lui ta foi.

Et, *dans un avenir* lointain, *inévitable,*

*Que l'on s'oppose ou non, fatigué* d'être stable,

De vivre, de mourir dans la félicité,

De jouir des bienfaits de la fécondité ;

De ce qu'on peut aimer, désirer sur la terre,

Le bonheur, le repos, la paix, jamais la guerre,

— Ce fléau destructeur de la fraternité,

Du commerce, des arts, de la prospérité, —

Qu'il aura tout, enfin, désirant davantage,

Peut-être le pays voudra-t-il faire usage

De votre panacée et des diversions

Que savent procurer les révolutions,

*Ce courant bien plus fort que tous les despotismes,*

*Qui n'épouvante plus,* et dont les aphorismes

Résument *le progrès, qui guide et sauve tout.*

*C'est la chose et le mot;* oui, c'est le mot surtout

Qui, fort et séduisant, *en surmontant l'obstacle,*

*Deviendra le levier* puissant *de la débâcle.*

*La chose surgira par lutte* ou par hasard,

Pas à pas, par conquête, *ou plus tôt ou plus tard;*

Par *fédération* ou conflit uniforme,

Qu'on se fasse garder par peur ou pour la forme :

Par *la raison, qui dit que ce qui doit tomber*

*Tombe* soudainement!..... — Mais qui doit succomber

Dans ce moment donné?..... — Nous admettons la lutte,

Ce conflit acharné — du juste ou de la brute?

Des enfans de Jacob ou de ceux d'Abraham ?

*Du règne de Tibère ou de Schahabaham ?*

Des trônes s'appuyant sur les forces vitales

Du pays tout entier, ou des héros des halles ?


L'exemple du passé, tu dois en convenir,

Rassure le présent, préserve l'avenir.

Ce n'est pas le moment de tenter l'aventure :

Le choc serait trop prompt et la leçon trop dure.

Les douceurs de l'exil, tu les regretterais ;

Auteur ou général, tes plans seraient mauvais.

Tu vas te fourvoyer, ne fais pas d'imprudence ;

Le crime, dans le mal c'est la persévérance.

Vous êtes des partis les ennemis communs,

Et l'Empire vaut mieux, pour tous, que des tribuns !

# LIVRE TRENTE-CINQUIÈME.

—

## L'EMPIRE.

—

### I.

SUIVANT EUX. — NAPOLÉON 1er. — LA TERREUR. — NAPOLÉON III. — 1848. — COMPARAISON A LA RÉPU-BLICAINE. — LE VAINQUEUR DE L'ANARCHIE. — S'IL LES EUT ÉCOUTÉS! — L'INFAME! — SES CRIMES. — L'OGRE SOCIALISTE. — QUESTIONS.

— *L'Empire* (1), *c'est le sang ; c'est une main parjure*
*Donnant le coup de pouce aux lois de la nature ;*
*Un ensemble complet de toutes les erreurs,*
*Amoindrissant les noms, rapetissant les cœurs ;*
*La dégradation morale et politique,*
*Des douceurs du foyer, de la foi domestique.*

(1) Suivant les Hugo... lins et leurs adhérens.

Et le renversement du principe éternel

Qui permet d'ériger tribune contre autel ;

C'est l'aberration, *la honte de la France* ;

Le moyen de chasser, poursuivre à toute outrance

Les instincts fécondans du droit, de la raison,

Le génie incompris de la combinaison.

En regard du passé, *c'est un double mirage*.

Au tyran qui n'est plus, laisse-t-il l'avantage?

Nous pouvons en juger. L'Empire (1) et l'Empereur

Ont-ils pu surpasser en puissance et grandeur,

De la Convention la gloire incontestable?

— C'est, comme vérité, l'histoire de la fable !

— *Si* l'acte de *Février* (2) *survint moins la Terreur,*

Ce point incontesté n'est qu'en notre faveur.

Et ce qui l'a suivi n'étant plus du prodige,

Au prince-président *doit ôter son prestige.*

*Il croit monter au trône, il arrive au poteau,*

*Et, singeant le passé, pour donner du nouveau,*

(1) De 1804 à 1815.
(2) 1848.

Il change de couleur, il va du blanc au pourpre,
Et se rend effrayant: il fait plus, il s'empourpre ;
Et, tout audacieux de gloire et d'appétit,
Son nom, retentissant, va devenir petit.

L'Empire c'est la paix!... S'il fait le bon apôtre,
C'est pour s'instituer le successeur de l'autre.
Le premier n'est venu que pour faire le lit
Du second. Ce qu'il touche aussitôt se salit.
D'une immense splendeur surgit une souillure.....

— Et ta plume, à l'instant, d'une lâche imposture
Se met à distiller les fruits incestueux
D'un factum provenant de l'abus monstrueux
Que tu fais, sans rougir, des forces anarchiques,
S'adressant au limon des croyances publiques ! —

— Voulez-vous en juger par la comparaison ?
Despote, il effrayait... Nous sommes un tison,
Non le tison d'enfer, ni même de discorde,
Mais le tison brûlant des feux de la concorde ;
Non celui qui détruit, épouvante et mugit,

*Mais celui qui rapproche, éclaire et réunit,*

Avec nous, du passé redoutant la fournaise,

L'avenir, plus certain, saura, ne vous déplaise,

*Donner à chaque peuple,* à chaque nation,

*Sa puissance et son droit...* — moins l'abnégation

Et le renoncement de tous les priviléges,

Qu'ils se réserveraient. Ce serait du Corrége,

Avec ses raccourcis suaves, gracieux,

Unis au clair-obscur: genre délicieux !


Ce pouvoir attrayant, aux douceurs anodines,

S'en irait droit au cœur des *puissantes machines* (1)

Qu'ils nomment *leurs soutiens,* et le pays, charmé,

De leurs entraînemens n'étant plus alarmé,

Viendrait avec bonheur, — ce dont Dieu le préserve ! —

Jouir des résultats qu'on lui tient en réserve.


— Dans le grand conquérant si l'on voit le héros,

N'est-ce donc point assez des marbres de Paros

Pour immortaliser ses brillantes campagnes,

(1) Le peuple, suivant eux.

Son soleil d'Austerlitz? S'il est deux Charlemagnes,
Quel sera le petit, et quel sera le grand,
De *l'homme du destin, ou* de l'autre *brigand,*
*Qui taille* impunément *dans la chair,* ou la fonte?
Quand le premier des deux s'est vu *passer Géronte,*
Que sera le second pour la postérité?

— Il sera ce qu'il est, et sa célérité
A vous rendre impuissans marquera dans l'histoire
Comme un titre éclatant de triomphante gloire,
Du plus beau des succès. Immense souvenir
Qui l'a fait admirer, qui le fera bénir
Par les hommes de cœur, par les rois de la terre,
Par le Dieu tout-puissant, qui le guide et l'éclaire!

S'il vous eût écoutés, vous seriez ses flatteurs,
Et, marchant devant lui, comme *seize licteurs,*
Vous feriez saluer *l'assassin de l'histoire,*
*Le grand démolisseur de la plus grande gloire,*
*Le despotisme bête* et *le fatal neveu,*
Plus infâme qu'Hudson (1). Il serait votre Dieu,

(1) Le geôlier de Sainte-Hélène.

7 *

Le plus grand des Romains, *le sauveur nécessaire*,
Le héros de la France: *eût-il tué sa mère* (1)!

—Tandis que, maintenant, dévorant notre affront,
*Quand nous le saluons, c'est la rougeur au front.*
N'a-t-il pas *arrêté, chassé l'inviolable,*
Pour le rendre niais et du monde la fable?
*Séquestré l'innocent?* Et, pour comble d'horreur,
*Parjure à la surface et crime à profondeur,*
N'a-t-il pas, *attentant aux droits des plus illustres* (2),
*Banni les plus savans, terni leurs plus beaux lustres?*
*Assassiné les uns dans leurs représentans,*
Les autres mitraillés? Malheureux combattans!
Tirés à bout portant, tués à l'improviste!

— Pour avoir fait parler l'ogre socialiste,
*Ce pavé, toujours prêt, que vous nous déchaînez,*
*Qui, comme révulsif, vient tomber sur le nez*
*De tous les ventre-creux, des Lollards, des Hussites,*

(1) La France.
(2) Encore une avalanche de mot.

Et même des honteux faiseurs de réussites,
Qui, prudemment cachés, consultent l'avenir,
Demandant au destin s'il ne voit rien venir ;
Si l'on a *violé mesdames les épouses* ;
Qui prendra le dessus, des habits ou des blouses ?
Qui, de tous les meneurs, deviendra dictateur,
Du *puissant avocat*, du nain ou du rhéteur ?
Qui sera proconsul de *la force publique*,
*Ce laconisme* pur *de toute république*,
*Qui n'assassine pas*, qui crie et fait assaut
Pour mériter l'honneur d'escorter l'échafaud ?

Ces charmantes douceurs, on vous les abandonne ;
Ces heureux passe-temps, qui les affectionne
Peut aller, avec vous, les attendre longtemps !

# LIVRE TRENTE-SIXIÈME.

—

## LE PEUPLE.

———

### I.

LA FRANCE SE DONNE A NAPOLÉON III. — POURQUOI ? —
L'IMPÉRATRICE.

Quand le peuple a parlé, jamais le guet-apens
Ne saurait, quoi qu'on fît, détruire son ouvrage.
On l'avait perverti ; mais, devenu plus sage,
Comme s'il avait vu la croix de Constantin
Il est venu former la grandeur du scrutin,
— *Ce jeu de gobelets aux muscades magiques,*
*Cet infâme bourreau des libertés publiques.*

Le vainqueur de Maxence avait de cette croix
Formé son étendard. De Dieu c'était la voix ;
Par le signe sacré de notre foi chrétienne,
Qui lui disait : « Marchez ! La route Illyrienne
» Est ouverte au héros qui sauve son pays. »

C'est ce qu'ont dit un jour et la France et Paris
A celui que les bons ont choisi pour arbitre.
N'avait-il pas déjà conquis à plus d'un titre
Le droit de commander ? Son *Labarum*, à lui,
C'est le drapeau d'Eylau, de Wagram, de Lodi ;
Le souvenir d'une *île en noirs débris féconde*,
*Plus tard, premier degré de la chute profonde*
Du plus grand immortel, qu'on y fit dessécher,
Dont tu salis le nom, afin de mieux cacher
De tes mauvais instincts la trame formidable
Qui, te faisant ingrat, t'a rendu misérable !

Son *Labarum*, à lui, c'est la loi du progrès
Sagement combiné. Ce qui fit son succès,
C'est la main qu'il tendit à l'Europe outragée ;

C'est l'amour du pays et la France vengée ;

Chaque chose trouvant sa place et son emploi ;

La force du pouvoir, le respect de la loi,

L'impossible retour du sanglant anathême

Qui semblait menacer le monde et Dieu lui-même.

C'est la stabilité qui domine partout ;

C'est l'espoir consolant qui se trouve surtout

Dans les transactions, résultat magnifique,

Si bien fait pour doubler la fortune publique,

En réconciliant les peuples et les rois,

*Les trônes vermoulus* et Napoléon Trois !


Du pouvoir souverain la majesté commence :

Il date d'aujourd'hui. Ses lettres de créance

Sont le vote unanime et l'accord des Français,

Qui veulent à tout prix préserver désormais

L'Empereur, *qui tendit un piége à l'anarchie*

*Pour reconstituer l'infâme monarchie,*

Détestable chaînon, — dont les mailles de fer

Ne craignent ni l'acier, ni les feux de l'enfer, —

Et son gouvernement à la marche prospère,

Qui, toujours clairvoyant, protége et régénère.

Le pauvre le bénit, les travaux marchent bien,
Le commerce fleurit, et celui qui n'a rien
Ne l'implore jamais sans avoir l'assurance
De se voir secouru, sans bruit et sans jactance.

S'il se montre parfois, pour escorte d'honneur
Il trouve des Français heureux de son bonheur.
Se promène-t-il seul? Il a la foi pour guide
Et ne redoute point qu'une balle homicide,
En menaçant ses jours, soit pour le genre humain
Le présage assuré d'un affreux lendemain.

Un ange radieux protége sa personne.
Le voit-on près de lui? le peuple l'environne,
Et fier de sa beauté, des élans de son cœur,
Il s'incline en formant des vœux pour son bonheur.
Il cite les bienfaits de la bonne Eugénie,
Et, fondant sur tous deux l'espoir de la patrie,
Ils exclament déjà, ces enfans de Paris,
Un désir qui vaut mieux que des transports surpris.

Parlez, calomniez, flétrissez sa belle âme;

Pour avilir l'époux, assassinez la femme,

Inventez des poisons qui tuent lentement,

Et des mots travaillés cet infâme aliment,

Dont vous distribuez chaque jour quelque page ;

Verbiage pointu dont le ton, le langage

Indiquent la pensée avec l'intention,

Sans atteindre le but, démasquent l'action ;

Et vous en ferez tant, que la France indignée,

Loin de laisser flétrir l'épouse désignée

Par les hommes payés pour la tant décrier,

Saura la protéger, et se glorifier

De doter d'un beau nom l'assistance divine,

Que comprirent si bien Hortense et Joséphine (1),

Qui savaient consoler en se faisant bénir,

Et dont le peuple garde un si doux souvenir !

    Voulant les imiter et les surpasser même,

Alors que d'un beau front l'éclat du diadème

Vient rejaillir sur tous, que les plus malheureux

Ne soient point oubliés. Pour faire des heureux,

Hélas ! que faut-il tant ? Une main secourable

Qui ne se ferme pas, qui, toujours adorable,

    (1) La mère et la grand'-mère de Napoléon III.

Se faisant distinguer par son humanité,

Sa constance, sa foi, sa générosité,

S'obstine à mériter, en fidèle compagne,

Ce bienfaisant renom qu'elle tient de l'Espagne !

## II.

### LE PEUPLE CROIT EN NAPOLÉON III.

—C'est qu'il est bon, le peuple, et, dans ses entretiens,
Il a su distinguer ses amis, ses soutiens,
Ceux qui de leurs travaux alimentent les villes,
Qui veulent son bonheur, dont les secours fertiles
Lui permettent de vivre au prix de son labeur,
Sans exposer sa vie ou déchirer son cœur.
Fatigué des meneurs, il croit au bon génie
Qui sauva le pays. Pour lui, la félonie
N'est pas dans le pouvoir, mais dans tous les méfaits,
Les lâches trahisons, les ignobles forfaits
Dont vous souillez toujours votre plume brutale,
Cet infernal moyen, détestable dédale,
Dont vous ne sortirez impuissans, abrutis,
Qu'avec des noms salis et des masques flétris,
*C'est par la sainteté, la conscience humaine,*
*Qu'il a su distinguer du bonheur qui l'enchaîne*
Les éternels refrains, les révoltans degrés

Des crimes conseillés.—Si c'est là le progrès,
Qu'il périsse avec vous, et que jamais la France
Avec un tel passé ne forme d'alliance.

Il est des ennemis dont on doit se garer.
Pour qu'ils soient impuissans, il faut persévérer
Dans le bien que l'on fait, dans celui qu'on veut faire
Pour se rendre à la fois favorable et prospère
Le pays qui se donne avec entraînement.

— Mais soyons préparés à tout événement.
Ne nous endormons point. C'est le bruit des tempêtes,
Il arrive de loin, il menace nos têtes,
Il devient plus vibrant. Les serpens sifflent fort!
Aujourd'hui, ce n'est plus un présage de mort;
Les monstruosités n'épouvantent personne;
Quand ils hurlent trop fort, les fous, on les bâillonne;
Lorsqu'ils sont furieux, on doit, sans les compter,
Les traquer, les poursuivre; il faut plus, les dompter!

De tant d'indignités, les règles générales
Ont leurs divisions, et, dans les cannibales,

Nous ne confondrons pas ces illustres vieillards,
Des gloires du pays les brillans étendards
Que le monde savant chaque jour nous envie,
Ils viendraient, au besoin, pour sauver la patrie
Se rallier à nous. On a pu les tromper,
Les séduire un moment et les envelopper
Dans un imbroglio de choses impossibles.
De leurs entraînemens les traces sont visibles;
Mais au jour du danger, cette mâle verdeur,
Qui les vit abusés, ranimera leur cœur,
Et, tenant d'une main le drapeau de la France,
De l'autre ils donneront des preuves de vaillance,
Afin de mieux prouver que la loi des scrutins
Ne doit plus les compter parmi les incertains,
Les ingrats, les pervers, les lâches et les traîtres,
Qui se disent au loin nos conquérans, nos maîtres !


Pour qu'ils ne le croient plus, tenons-nous par la main ;
Tous, au premier appel, formons des murs d'airain;
Montrons-nous résolus, et leur fuite certaine
Rendra plus sûrement la victoire prochaine.
Avec eux, la surprise est un grand élément;

8

Laisson-les de masser, arrivons promptement,
Et ces héros fameux, ces prêcheurs de croisades,
Qu'ils soient ou non cachés contre leurs barricades,
Ne pouvant plus tirer comme d'un soupirail,
Seront alors vaincus en gros comme en détail,
Et nous verrons enfin de *l'effroyable orgie*
Le dernier résultat, la dernière élégie.

### III.

LE PARLEMENTARISME. — LA RÉPUBLIQUE NE REVIENDRA
PAS. — LE PEUPLE SAIT DISTINGUER LE BON GRAIN
DE L'IVRAIE.

—Alors que la stupeur ne glace plus Paris,
Alors que les Français, dans les jeux et les ris,
Célèbrent les bienfaits d'une nouvelle vie,
Qu'alimentent les arts, la paix et l'industrie;
Alors que les *pékins* ne sont plus en honneur,
Et que tous vos *Bédouins* n'inspirent que l'horreur;
Alors que le pays n'a plus de *démagogues*,
Qu'il a mis de côté tous les *idéologues*
Dont parlait si souvent le grand Napoléon,
Il n'est point de proscrit ni de caméléon
Qui puisse relever le *parlementarisme*.
Vos efforts superflus ne sont que du cynisme;
Au mal préconisé l'on préfère le bien ;
Tu peux impunément écrire : *Crève, chien* (1) !
Et les aménités *d'un pourceau dans la fange* !

(1) Victor Hugo.

L'impudence salit, si le bon sens ne venge
Des rébus insultans, des sales calembours
Et des mots empruntés aux bouges des faubourgs.

A quoi sert d'employer le mensonge et l'injure!
*La tâche de Paris, du siècle la souillure,*
En qui les trouvons-nous, malheureux? C'est en toi.
Dans ton passé perdu, tu t'es fait une loi
De te montrer vénal, ingrat et misérable,
Sans même réfléchir que, du monde la fable,
Dans tes égaremens, soit vaincu, soit vainqueur,
Tu joutais contre tous, au prix de ton honneur!

*Ce qui doit indigner les peuples les consterne!*
Il n'est point d'échafaud, il n'est point de lanterne
Qui nous fasse trembler, tu devrais le savoir
Et ne pas te créer un ridicule espoir
De l'acte triomphal de *votre* république.
Ce serait outrager la morale publique
Que de croire, avec vous, qu'elle viendra demain.

Qui pourrait désormais vous tendre encor la main?

Le peuple? Il fut trompé comme la France même;
*Les laquais, les valets?* Sous le coup d'un blasphème,
Avec nous et par vous, pourraient-ils oublier
Qu'il est un seul devoir, qu'il est un bouclier
Faits pour nous préserver de la fatale envie
De vous donner sur eux même un droit de survie.

Non, *tout ne germe pas.* Le cerveau des niais
N'est pas tant abruti, si fortement épais,
Qu'il ne distingue pas le vautour de l'orfraie,
L'aigle du passereau, le bon grain de l'ivraie.
Vous pouvez y semer des projets à foison,
Vous n'en récolterez qu'un surcroît de raison,
Comme il n'est ressorti de ton libelle infâme
Que le mépris public, le dégoût et le blâme.

## IV.

QUI POURRAIT LES SECONDER. — CE QUE SERA L'EM-
PIRE. — A CHACUN SA PLACE. — TERMES DE COM-
PARAISON.

—Les propos outrageans et l'oubli de nos maux,
Vos projets insensés, vos erremens nouveaux,
Qui doit les appuyer? Le clergé? Tu l'insultes.
Noblesse ou tiers-état; ces deux *terres incultes*
Que veulent sillonner tous vos enfans perdus,
Pour se payer d'un coup des services rendus,
Que leur préparez-vous? Les châteaux en Espagne
Dont vous abrutissez la ville et la campagne,
Les peuples travailleurs, faciles à mener;
Lorsqu'il faudra compter, comment les leur donner?
Les rebuts des partis, oisifs insatiables,
A qui vous promettez du pain et des spectacles
Et le morcellement de la propriété,
Seront-ils satisfaits?... C'est la satiété
Qui perdit, pas à pas, la fortune publique
Des Grecs et des Romains. Si c'est la république

Qui doit vous contenter, vous l'attendrez longtemps!

L'Empire et son bon droit braveront les autans!

N'a-t-il pas pour appui, forte et constitutive,
Sa justice pour tous, si bien répartitive,
Que l'on applique, encor, de l'an quatre-vingt-neuf (1
Les plus honnêtes lois. Ce n'est plus l'*OEil-de-Bœuf*,
Ce principe bâtard, tueur de Louis seize,
Qui nous doit gouverner, ni de quatre-vingt-treize (2),
Les coupables excès. Seraient-il dans nos mœurs,
Que, fatal souvenir! ils pèsent sur les cœurs.

—Dans la France nouvelle, une place influente,
Large, sainte, honorable et jamais dominante,
Doit marquer le respect que l'on doit au clergé.
La noblesse, à son tour, malgré le préjugé,
Qu'elle soit historique ou qu'elle soit moderne,
Ne doit point occuper un rang trop subalterne.
Elle est l'un des reflets des gloires du pays;

(1) 1789.
(2) 1793.

Des succès éclatans elle a le beau vernis.

Bourgeois et tiers-état, de vous la France est fière ;

Vous doublez sa grandeur, vous êtes sa lumière ;

Le disque flamboyant du succès, du labeur,

Et vous représentez sa fortune et l'honneur.

La population la plus laborieuse,

Par votre activité, ne devient malheureuse

Que lorsqu'elle subit le faux entraînement

Qui trouble sa raison. Dès le commencement (1),

L'intérêt général a su ne pas confondre

L'Impérial sauveur et les bavards de Londre,

Cherchant à pervertir, à tromper les Français ;

Comme il sait distinguer, quand le nuage épais

Porte dans ses vapeurs la goutte bienfaisante

Qui sauve les moissons, la grêle malfaisante

Qui se cache avec lui dans les vapeurs de l'air,

Qui le crève et s'abat, prompte comme l'éclair,

Dans un terrible accès d'un affreux paroxisme,

Brisant, détruisant tout, menant au cataclisme.


(1) En 1852.

—Le grêlon, tu le sais, se trouve dans tes mains :
Tu l'y tiens menaçant ; mais les pauvres humains
Ne redoutent pas plus vos forces concentrées
Que tes grandes fureurs risiblement outrées,
Globules de savon, élément dissolvant,
Que tu lances trop haut pour résister au vent!
Philosophe, rhéteur, tu n'es plus qu'un sophiste,
Plus qu'un ange, déchu, qui s'est fait paradiste!!!

# LIVRE TRENTE-SEPTIÈME

## ET DERNIER.

—

## CONCLUSION.

AU POÈTE. — S'IL POUVAIT DEVENIR MEILLEUR! — LE
CRI DE LA FRANCE ANCIENNE ET MODERNE. — LA
RÉPARATION. — LA RÉPUBLIQUE. — SOYONS PRÊTS.

Est-ce assez de souillure, est-ce assez d'interdit,
Et ne vivras-tu plus que dans le discrédit?
Poëte étincelant, trop fragile nature,
Qui, pour vouloir monter, tombas dans le parjure;
Qui, digne de porter un sceptre éblouissant,
Le plus beau d'entre tous, le plus retentissant,
Es venu te briser contre la masse immonde
D'un dédale fangeux, antipathique au monde!

Se peut-il que l'esprit, le goût, le sentiment
S'avilissent ainsi ! Terrible châtiment
Qui dans le cœur humain, dès qu'on commet le crime
Atteint le meurtrier bien plus que la victime.
Impitoyable effet d'un éternel remord
Qui venge et qui punit en frappant juste et fort !

Est-ce assez de tourmens, d'éclat, de perfidie?
N'es-tu pas fatigué des erreurs de ta vie,
De tes entraînemens et des conversions
Qui t'ont fait le jouet de tant d'illusions?
Du peuple rayonnant, vois la masse compacte.
Qu'attends-tu? le rideau se baisse au dernier acte;
Le spectacle est fini; d'un dénoûment parfait,
Le public rassuré se montre satisfait.
Que fais-tu là, pensif, gonflé comme la voile,
Regardant sans rien voir, l'œil fixé sur la toile?
Maîtrises-tu ta tête en retrouvant ton cœur?

Si la grâce opérait; si, devenu meilleur,
Tu pouvais t'affranchir du réseau qui t'enlace
Et ne plus accoler la vile populace

Aux faux entraînemens qui troublent ta raison ;
En jugeant le passé par la comparaison,
Tu saurais qu'un État, du moment qu'il se fonde
Avec l'appui de tous, peut défier le monde,
S'il a la foi pour base, et si le droit commun
Se trouve confondu dans les droits de chacun !
Les pages de fureur, les scènes de carnage
Ne peuvent l'engloutir. Qu'on l'attaque, il surnage.
C'est ainsi que le liège enfoncé dans les eaux
Reparaît triomphant. En toi tout est-il faux ?
Et faudra-t-il longtemps que le monde déplore
De tes brillans succès, que la haine déflore,
Le souvenir perdu ? Le poète immortel,
—Que le sort destinait à rester éternel,
Comme subsistera l'éternelle nature,—
Ne s'aperçoit-il pas de quelle flétrissure
Ses écrits et son nom, si tristement souillés,
Se trouvent avilis et si bien dépouillés,
Quepersonneaujourd'hui, n'y pouvant rien comprendre,
N'ose plus l'invoquer ni même le défendre !

Ah ! que nous voudrions, par nos communs efforts,

Racheter ton passé pour pallier tes torts
Et sauver les écarts qui perdirent ton âme !
La raison et l'esprit, le cœur, la vive flamme
Qui scintillaient jadis dans tes moindres écrits,
Que sont-ils devenus? Décriés et proscrits,
Les plus brillans reflets du plus puissant génie
Seront-ils détrônés par la cacophonie?

Le style qui n'a plus d'unité dans les tons,
L'aigle dégénéré qui rampe dans les fonds
Ne sauraient que gagner à reprendre leur place,
A rester au sommet ! Quand le corbeau croasse,
Aimons du rossignol la voix, le doux accent !
L'oiseau de paradis, s'il n'est éblouissant,
Attriste et ne sait plus exciter notre envie !
Au poëte égaré, qu'une nouvelle vie
Redonne l'existence et la célébrité,
Et le charme détruit et la sérénité,
Qui pourraient enfanter, produire des miracles
S'il voulait écouter les seuls, les vrais oracles
Qui sauvent de l'abîme en rehaussant le cœur
Par l'amour du pays, sa gloire et son bonheur !

Ce sont là, crois-le bien, des jouissances pures
Que ne souillent jamais les lâches impostures;
Ce sont là des effets dont tu sauras juger,
Alors que, corrigé, venant interroger
Les grandeurs de la paix et le bien qui s'opère,
Tu verras les Français marcher d'un pas prospère
Vers les bons résultats, ces enfans du succès,
Qui peuvent, à bon droit, s'appeler le progrès.
Non le progrès brutal qui tue ou mystifie,
Mais le progrès réel qui sauve et glorifie,
Et, pensant aux deux cris sortis du Panthéon (1),
Tu diras avec nous : Vive Napoléon !


Ce fut, dans d'autres temps, le seul cri de la France,
Et de tes jeunes ans le culte et la croyance !


—Quand le peuple, conquis, au passé dit : Adieu,
Incline-toi, poëte, entends la voix de Dieu.
Celle-là vaudra mieux que le cri des impies,

(1) Voir page 48, à la leçon des écoles.

Que le bruit infernal des cent mille furies
Qui semblent s'attacher à ta faible raison,
Pour essayer sur toi les effets du poison
Qu'ils tiennent en suspens pour effrayer le monde.

Du tort que tu t'es fait si la plaie est profonde,
C'est en le réparant que tu peux obtenir
Un espoir précurseur d'un meilleur avenir;
Pour peu que ton esprit, ton cœur et ton civisme
Ne soient point dominés par le hideux cynisme
Qui t'a mené si loin. C'est un terme fatal!
Peut-on rester soldat lorsqu'on fut général!
Et se sacrifier, radieux météore,
A ceux qui vont chercher la boîte de Pandore
Pour y trouver au fond, avec la liberté,
La licence, l'orgueil et la célébrité?

Ils y trouveraient plus, et dans un même cercle,
S'ils pouvaient se compter, on verrait le couvercle
Des révolutions se rouvrir promptement.

Ne nous endormons pas; à tout événemen

Tenons-nous préparés, et la main si puissante
Des peuples enchaînés par la même épouvante,
Saura nous préserver, fallût-il en finir,
Des hommes du passé menaçant l'avenir.

FIN.

# TABLE DES MATIÈRES.

FIN DE LA TABLE DES MATIÈRES.

# ERRATUM.

Page   29, vers   3, *au lieu de :* Pour te rendre, *lisez :*
      Pour le rendre.

—   46,   —   7, *au lieu de :* Toat, *lisez :* Tout.

—   59,   —   1, *au lieu de :* Cagollerdo, *lisez :*
      Cogollerdo.

—   63,   —   11, *au lieu de :* Il endormait, *lisez :*
      Endormait-il.

—   *Ibid*,   —   12, *Terminer le vers par un point*
      *d'interrogation.*

—   120,   —   6, *au lieu de :* Vous lui parlez de
      droits, *lisez :* S'agit-il de ses
      droits.

—   *Ibid*,   —   16, *au lieu de :* Vous lui parlez hé-
      breu, *lisez :* C'est pour lui de
      l'hébreu.

—   131,   —   1, *au lieu de :* Viennent, *lisez :* Ve-
      naient.

—   138,   —   1, *au lieu de :* Et que ne fait-il pas,
      *lisez :* Et que ne fît-il pas.

—   179,   —   17, *au lieu de :* Sa Crypte, *lisez :*
      Leur Crypte.

—   245,   —   au titre, *au lieu de :* LE PEUPLE, *lisez :*
      LE BON PEUPLE.

Paris. — Imprimerie de E. Brière, rue Sainte-Anne, 55.

www.ingramcontent.com/pod-product-compliance
Lightning Source LLC
Chambersburg PA
CBHW071811020726

47502CB00004B/1076